韋駄天の記

2019.8.25 耕大

岡部耕大

海鳥社

本扉書・岡部耕大

刊行にあたって

「韋駄天の記」地元記者からのエール

西日本新聞平戸支局長　福田　章

「西日本新聞」の長崎県版には週一回、丸々一ページを使う「平和面」があり、管内の記者が輪番で担当する。途中入社ならぬ五十五歳で「晩年入社」して松浦通信部に採用された私に初めて順番が回ってきたのは、二〇一四年七月五日付けだった。旅行記者上がりの私に社会派的なテーマは望むべくもなく、かねて松浦市出身の岡部耕大さんが紡ぎ出す記憶と情念とが絡み合った物語に関心を寄せていたこともあり、面識のない岡部さんに連絡をとった。御大は紙面への登場を快諾してくれた。

十項目の質問をメールで送った。その回答でとりわけ胸に響いたのが〈「いつの時代に、どこで生まれて、なにを見て、どう育ったか」が作品になる。忘れない記憶として、母に連れられて佐世保に遊びに行った日、戦災孤児の集団が凄い目で母と私を睨んでいた記憶がある。「彼らはあれからどうしたのだろう」といつも考える。これらはすべてわたしの作品の原型にあるといっても過言ではない〉の一節。豊かな感受性がもたらす恐怖感とも引け目ともつかない何かが、後年の創作活動を染め上げた背景がうかがえる。

岡部さんは郷土愛の人である。言葉に魂を吹き込むという理由で、多くの作品が松浦の方言で書かれている。松浦出身でもない役者が、ネイティブ顔負けの松浦弁で演じる。年一回の松浦市文化会館での公演は、だから市民の笑いを誘う。

公演といえば、冒頭に書いた平和記事の一角で、数日後に予定されていた新作「知覧にて」の概略を紹介した。ところがなんと台風接近のため、心待ちした公演は中止となった。志佐《しさ》町の鶴屋旅館で開かれた「残念会」での岡部さんのコメントは「亡き祖母から故郷でやるには修行が足らんとダメ出しされた」というものだった。私はちゃっかり、翌日の伊《い》万里《まり》公演へ足をはこんだ。

岡部さんが故郷松浦に刻んだ功績のひとつは、二〇〇七年から二〇一五年まで毎年、市内の小学校で、それぞれの地元に伝わる昔話を創作ミュージカルに仕立てて、児童たちを指導したことだろう。初年度に青島小六年で「青島物語――長者と河太郎」を演じた谷川千広さんは二〇一六年「晶子の乱――君死にたもうことなかれ」の公演に役者となって帰ってきた。それを最前列で見守る、かつての校長先生の姿。郷土愛の連鎖を見た気がして、常に冷静であるべき記者も、役者の汗が飛び散ってきそうな舞台下でカメラを抱えつつ、目から汗を流したかもしれない。

小学校巡りの最終年は岡部さんが産声を上げた星鹿《ほしか》町の星鹿小だった。指導に先立ち、児童らの緊張を和らげるため、自由な質問を受け付けた。「劇作家になって楽しいことは何ですか」に対して「きれいな女優さんに会えること」、「ホラー映画は見ますか」には「お金を出してまで怖い目に遭いたくないので見ない」と答えた。劇中に頻出する言葉遊びからも明らかなように、岡部さんは諧謔《かいぎゃく》の人でもある。

本書は、「西日本新聞」長崎県版に二〇一五年四月から二〇一七年十二月まで一二〇回にわたって連載されたエッセー「韋駄天《いだてん》の記」をまとめたものである。連載当時、地元松浦での反響は上々だった。巨匠の筆力は小紙の編集綱領のひとつ「地域とともに歩む」を文字通り、体現してくれた。深謝したい。

最後にここだけの話、連載開始時点の長崎総局の担当記者は「これは松浦が生んだ大劇作家、岡部耕大さんの〝遺書〟に値する。思う存分、自由闊達に書いていただく」と語っていたような。いや、遺書にしては元気すぎる。紙上を二年八カ月も縦横に韋駄天走りできる人物が、七十代前半でそんなものをしたためるわけがない。ご健筆をもって、なお松浦市民を、長崎県民を、日本国民を創作の力で楽しませてください。

目次◉韋駄天の記

本書は、「西日本新聞」長崎県版に二〇一五年四月六日から二〇一七年十二月十六日まで一二〇回にわたって連載されたエッセイ「韋駄天《いだてん》の記」をまとめたものです。

言葉に「想い」重ね

わたしは劇作を生業《なりわい》としている劇作家である。昔は「劇作家とはどんな作家なのですか」とよく質問されて困惑したものである。「劇を書く作家です」と応じるしかなかった。同じ長崎県出身のいまは亡き脚本家市川森一《いちかわしんいち》さんからも「劇作家はわたしの憧れの職業なのです」といわれたことがある。あれだけの脚本を書く人からである。

確かに舞台は言葉で成立している。その言葉に想いと肉体が重なって成立している。脚本は映像が優先される。台詞のカットや直しは日常茶飯事である。わたしも映画では苦い経験をした思い出がある。「なんであの台詞をカットするんだ」「はあ」。ただ、舞台にも商業演劇から小劇場までいろいろある。商業演劇はスターがあっての演劇である。小劇場は言葉の劇場ともいえる。

一九八〇年にラジオドラマとして「精霊流し」を書いた。八月十五日、松浦市志佐《しさ》川の精霊流しの夜が舞台である。この舞台はいまも日本各地で小劇場系の劇団が上演してくれている。北海道の劇団の上演料はジャガイモだったりする。

いまは、映画「長崎の鐘」の準備に追われている。撮影できれば念願の映画監督である。ご存じ、永井隆と秋月辰一郎の友情と確執の物語である。それと、十月に紀伊國屋ホールで初演する「姉《あね》しゃま――円谷幸吉《つぶらやこうきち》とその時代」を書いている。由緒ある家の人を「おばばしゃま」「おかかしゃま」「姉しゃま」といった。

「姉しゃま」にはモデルがいる。いま、長崎市に在住している和子姉さんである。和子姉さんは松浦市志佐町の旧家の五人姉妹の末っ子だった。わたしの少年時代、和子姉さんは伊万里商業の濃紺の制服と赤のリボンで、新御厨《しんみくりや》町星鹿《ほしか》の旅籠《はたご》を営んでいた祖母の家によく遊びに来ていた。和子姉さんは、父を「兄《にい》しゃま」と呼び慕っていた。それがうれしかった。

劇作家仲間で「生涯、憧れている人はいるのかいないのか」といった議論になることがある。大概の人はいるという。それを憧れの人に打ち明けたかどうか。それも議論になる。わたしは、いまこうやって打ち明けている。なぜタイトルを「韋駄天《いだてん》の記」にしたのかも、おいおいわかっていただけるはずである。

（二〇一五年四月六日）

私の憧れの人とは

大概の人は、憧れの人を「人柄のいい人だった」とうれしげに言う。人柄のいい人はいい微笑みをする。往年の映画女優原節子の微笑みである。若い人は原節子を知らないかもしれない。黒澤明監督作品や小津安二郎監督作品をぜひ観て頂きたい。

近頃はよく長崎市を訪ねる。長崎市の劇団が私の戯曲を上演してくれ、長崎市の人が私の劇団を観劇してくれるからである。なんとなく和子姉さんに連絡をしている。和子姉さんは、すぐに車でホテルや劇場のロビーに駆けつけてくれる。そして、微笑みながら決まって「よう気張ったね」と言い、小遣いをくれる。六十歳を過ぎてからもそうである。これからもずっと子ども扱いなのかもしれない。なにせ七歳の歳の差である。私も七十歳。黄昏《たそがれ》である。なぜ和子姉さんに連絡をするのか。「俺の親戚にはこんな憧れの人がいる」と映画の関係者や演劇仲間に自慢したいからである。

夜の長崎市の繁華街で松浦市が話題になったことがある。すると居酒屋の仲居から「へえ、松浦辺りも長崎県になるとですか」とからかわれた。座がしんとなった。冗談も悪い冗談はいけない。仲居は「松浦には行ったこともなか」と言った。この距離感は分からないでもない。仲居は「県北の人は」とも言った。松浦は海と炭鉱の町である。炭鉱の人は江戸っ子とよく似ている。宵越しの金を持たない。

私がよく泊まる松浦の鶴屋旅館の女将《おかみ》は「この旅館がここまで持ったとは炭鉱の人のおかげです」と素直に私に語った。私はますます女将が好きになった。仲居は県北の人によっぽど嫌な目に合ったことがあるのかもしれない。喧嘩《けんか》っ早いのも江戸っ子とよく似ている。

松浦市をご存じなければ九州の地図を広げて頂きたい。地図の斜め上に平戸島があり、伊万里湾に沿って伊万里市がある。その平戸と伊万里の間にちょこんとあるのが松浦市である。長崎県北部、北松浦半島に位置する市である。総人口二万三千余。「松浦市と掛けてなんととく」「年寄りととく」「その心は」「死（市）のごとなか」。分かって頂けるだろうか。昭和二十年四月八日、わたしは松浦市新御厨《しんみくりや》町星鹿《ほしか》に生まれた。戦艦大和が撃沈された次の日である。

（二〇一五年四月十三日）

小百合さんと遭遇

原節子の微笑みは高嶺の花の微笑みであった。遠くから眺めているしかない微笑みである。近年、原節子に関する本でそうでもないことは知ったが、それでも高嶺の花である。原節子が作ったカレーライスをもらって、縁側で食ったカメラマンの話にはちょっと嫉妬した。私は小津作品の原節子が好きである。安心して任せている雰囲気の微笑みがある。

和子姉さんが祖母と語っている微笑みもそれであった。少年時代の私は嫉妬した。祖母は心からうれしそうだった。そう、嫉妬心と劣等感が私の武器である。有名大学の法科をトップで卒業した男を知っているが、その男にも嫉妬心と劣等感はあった。野球がうまくなかった。プライドはあったが、運動神経はなかった。人間、だれもが嫉妬心と劣等感で固まっている。それと、闘争心。

私が生まれたのは「本土決戦」が取沙汰された年である。「そんな大切な年に親父《おやじ》とおふくろはなにをやってたんだ」。私の歳はもっとも同級生が少ない年である。時代はまだ牧歌的であった。庶民派でデビューした女優の吉永小百合さんが同じ年の生まれと知ってうれしくなった。「キューポラのある街」の人と風景は松浦の炭鉱街によく似ていた。

吉永小百合さんは毎年夏、長崎市で朗読を続けていらっしゃる。また聞きではあるが、小百合さんは卓袱《しっぽく》料理の誘いにも「ちゃんぽんが好きですから」と応じないそうである。「ああ。やっぱり俺とは違う」。またうれしくなった。私はどんな誘いにもすぐに応じる。

吉永小百合さんとは遭遇したことがある。確か、西田敏行さんの芸歴三十年の記念パーティーだった。大勢の有名人が集まっていた。「すごいな。これで吉永小百合でもいたらな」とつぶやいたら、前にいる女性がくるっと振り向いた。唖然《あぜん》とした。吉永小百合さんだった。小百合さんはにこっと微笑んだ。憧れの人の微笑みであった。私は俯《うつむ》いて、両手の親指と親指を絡ませるしかなかった。私も立派なサユリストだったのである。

中学時代、吉永小百合はトイレに行くのか行かないのかで口論になり、殴り合いの喧嘩になった同級生がいた。まだ小百合さんの朗読を聞いていないのが恥ずかしい。

（二〇一五年四月二十日）

身近だと気づかぬ

私が生まれた次の年、昭和二十一（一九四六）年からは生徒の数は増えに増えていた。生存競争も激しくなった。後に、あの学園紛争を起こす団塊の世代である。あれは大学入学までの生存競争に疲れ果てた結果ではなかったのか。生涯、いい子を演じるのは難しい。佐世保港に着く「戻り船」は復員兵や帰国者であふれていた。その子どもたちが団塊の世代となるのである。昭和二十六年、私が物心ついた頃、星鹿《ほしか》にはなんの娯楽もなかった。あるとすれば近所のラジオから流れる流行歌であった。物心ついた頃に聴いたのが「長崎の鐘」であった。あの日から流行歌とは思えない歌詞の「長崎の鐘」は耳にこびり付いている。この年の五月一日に「長崎の鐘」の著者永井隆博士は、長崎大学付属病院で死去している。

平成二十（二〇〇八）年、舞台劇「長崎の鐘」を書き、新宿の紀伊國屋ホールで上演をした。「県北のあなたがなぜ『長崎の鐘』を書いたのか」とよく尋ねられる。答えは簡単である。それは長崎市の劇作家のだれもが、永井隆と秋月辰一郎の友情と確執を書かなかったからである。それは原爆を書くことでもあった。いまは亡き脚本家の市川森一さんも「やられました」と素直に言っていた。長崎市の演劇人も「このテーマには気付きませんでした」とうなるように言っていた。人間、身近すぎると有り難みに気付かないのかもしれない。別れてから後悔している男と女の話はよく聞く。ただ、親と故郷は変えられない。覆水も盆には返らない。人は死ぬ。だから生きなければならない。

松浦に名物はない。あるとすれば海である。平戸には有名な寺院と教会の見える風景や王直《おうちょく》の六角井戸がある。伊万里《いまり》には秘窯の里、大川内山の異郷の風景がある。しかし、ついでがあればわが星鹿半島城山に登っていただきたい。晴れた日には壱岐対馬の遠くに永遠が見える風景がある。耳を澄ませば法螺《ほら》貝や合戦の音がする。すぐそこには青島がある。手を振れば青島の人が応えてくれるのではないかという風景である。少年時代、磯遊びが好きだった。青島や津崎の灯台の下の岩だらけの海岸で、潜ってはさざえを採り、魚を突いた。魚は熱帯魚のように鮮やかな色をしていた。海のはるか彼方《かなた》には外国航路の白い巨船がもくもくと黒煙を吹いていた。

（二〇一五年四月二十七日）

興奮した七人の侍

私は映画世代である。テレビは遅れてやって来た。洋画や邦画を問わず映画ならばなんでもよかった。総天然色のアメリカ映画の食卓は、肉やパンや果物であふれていた。「これでは戦争に負けるはずたい」。子ども心にもそう考えた。「早く食えばよかとに」。アメリカ人は会話ばかり弾んで、肉やパンにはなかなか手をつけなかった。パンをちぎったぐらいでシーンが変わった。「ちきしょう」である。日本人は飢えながら映画を観ていた。

私は新劇という言葉も知らなかった。「佐世保で劇団を観てくる」と長髪にポマードを塗った、銀行に勤めている親戚の男の人がパーマネントの女の人を連れて、わざわざわが家にあいさつに来たりした。インテリジェンスがにおっていた。「さしずめインテリだな」は寅さんばかりの台詞《せりふ》ではない。あれは佐世保まで新劇を観に行ってたのかもしれない。

松浦に来るのは義理人情の大衆演劇であった。劇場は公民館である。公民館には、重箱にごちそうを詰めた漁師や炭鉱の人が、一升瓶をぶら提げて観に来ていた。クライマックスになると、旅人姿の主役に向かって「早《は》よ、そん男ば殺せ」と罵声を浴びせた。仇《かたき》役はアドリブで芝居気たっぷりに「俺が死んだら芝居にならん」と見得を切った。

大衆演劇の沢竜二とは東京の下北沢でよく飲んだ。「あんたの田舎はひどかった」「あんたからは言われたくないよ」といった会話をよくしたものである。松浦には電気がなかったというのである。「よく言うよ」である。公民館の楽屋になかったのかもしれない。そう言いながらも、松浦を懐かしそうに話していた。わたしも大衆が喜ばない演劇は好きになれない。故郷は離れてすぐに懐かしくなる。

黒澤明監督の「七人の侍」を観たのがその時代である。興奮した。それも異様な興奮であった。映画監督の凄さを知った。映画監督になりたくなった。それまでは東映時代劇の「紅孔雀《べにくじゃく》」や「笛吹童子」のスターを観て喜んでいた。「七人の侍」は数十回は観ている。

「七人の侍」と「用心棒」、「ゴッドファーザー」、それと「砂の器」「仁義なき戦い」には文句のつけようがない。映画のすべてが詰まっている。「赤ひげ」までの黒澤明作品はよかった。黒澤明はどこで人間を諦めたのか。それとも総天然色になってカラーを意識し過ぎたのか。いずれにしても「赤ひげ」以降の黒澤明は遠くへ行ってしまった。

（二〇一五年五月四日）

人生の意味を込め

韋駄天《いだてん》とは仏舎利《ぶつしやり》を奪って逃げた鬼を追いかけて捉え、また、僧の救難《きゆうなん》を走っていって救ったといわれる神のことである。

昭和二十七（一九五二）年は講和条約が発効され、「独立」が回復した年とされる。連続放送劇「君の名は」の放送が始まった。ハモンドオルガンが流れ「忘却とは忘れ去ることなり。忘れ得ずして忘却を誓う心の悲しさよ」の語りからはじまった。「白鳥事件」「ポポロ事件」「メーデー事件」。再軍備。講和発効は重苦しい気分で迎えられた。時代は韋駄天走りであった。戦争は忘却したかのようであった。いまは「集団的自衛権」「憲法改正」、沖縄問題、安全保障。やはり韋駄天走りである。人は、なぜ戦争をしたがるのか。戦争をすれば儲かる人がいるのか。

西の果ての漁村にはなんの娯楽もなかった。おやつは蒸かした薩摩芋《さつまいも》と煮干であった。煮干はいりこといった。父は星鹿の役場に勤めていた。いりこ検査は父の役目であった。袋に詰めた煮干を検査するのである。「厳格に検査しようらしたばってん、焼酎が入るとぽんぽん判ば押しようらした」。平成十九（二〇〇七）年、民話ミュージカル「長者と河太郎」の指導で青島に泊まった夜、港でリヤカーを引いた老夫婦が笑って言っていた。やはり、私の親父《おやじ》であった。このミュージカルは小中学生はもちろん、保護者や先生までが参加する青島が一丸となったイベントとなった。いまでも語り草である。青島には、いいお顔の観音様がおわす。民話ミュージカルは今も継続していて、今年は星鹿小学校である。

星鹿《ほしか》は干鰯《ほしか》からの地名ではないか。夏は、御厨《みくりや》から麦わら帽を被ったアイスキャンデー売りのおじさんや映画の宣伝のおじさんが自転車でやって来た。どちらもガラガラ声であった。厨は台所の意味である。今でこそ星鹿から御厨までは車で十分もあれば行けるが、当時は歩いて峠を越えた。御厨には映画館があった。黒澤明監督の「蜘蛛巣城《くものすじょう》」もこの映画館で観たはずである。山田五十鈴《いすず》が怖かった。名奉行といわれた大岡越前守が、女を裁いていて女がわからなくなった。越前は母親に「女は幾つ位まで女なのですか」と聞く。母親は、黙って火箸で火鉢の灰を撫《な》でる。「女は灰になるまで女」。そんな映画も観た。わたしはこのエピソードが好きである。「精霊流し」に通じている。私の人生も韋駄天走りであった。タイトルの「韋駄天の記」は私の人生の意味もある。本音で書きたいが、なかなか本音は書けないものである。くみ取って頂ければ幸甚である。

（二〇一五年五月十一日）

黒澤作品を見つめ

今年の年賀状に「書き初めの隠居という字の難しさ」と書いた。四月八日で七十歳になった。私も人間を諦めかけているのかもしれない。人間関係が嫌になったり、疲れたりするのが老いである。闘争心を失くす。隠居して、伊万里《いまり》で陶芸をしたり、星鹿で魚釣りや畑を耕す生活をしたくなる。伊万里には陶芸の師匠もいる。星鹿にも人生の師匠だらけである。

元旦の祝いの席で、家族にそれとなく言ってみたが反応は鈍かった。話題はすぐにそらされた。今年の正月も黒澤明作品のＤＶＤばかり観て過ごした。やはり「七人の侍」はよくできている。ただ、戦国時代だとしても国の軍隊はなぜ出動しないのか。年貢米の問題である。国は、どんなことをしても年貢米だけは取り立てる。

「天国と地獄」は一代でのしあがった主人公が、なぜ人目につく高台にガラス張りの邸宅を構えたのか。犯人のインターン（現在の研修医）も、卒業しさえすればいい生活が保障されている。リスクの多い誘拐という犯罪を起こす必要があったのか。警察も、被害者が麻薬中毒者としても最初の殺人で逮捕すべきではなかったのか。しかし、人間を描いては秀逸である。

「赤ひげ」以降の黒澤明は時代と人間に決別したのではないか。「野良犬」「酔いどれ天使」。それまでの黒澤明は時代と格闘していた。モノクロ、スタンダードの画面には時代と人間があふれていた。「七人の侍」は戦国時代の設定ではあるが、あれは戦争に敗れた日本そのものではなかったのか。「七人の侍」の百姓と侍は日本人と進駐軍の関係によく似ている。「進駐軍から女を隠せ」。娘の髪を切り山へ隠す農民。観客は知らず知らずに時代と重ね合わせて黒澤明を観ていた。

ダイナミックな時代は映画も演劇もダイナミックである。「赤ひげ」以降の黒澤明は人間を諦めた。「影武者」や「乱」もそうであった。あの夥《おびただ》しい数の馬が走る戦闘場面も、人間が描かれていなければ迫っては来ない。作家は処女作へ戻るそうである。処女作を越えられないともいう。確かに「姿三四郎」は明治の青春を描いて、黒澤明の面目躍如たるものがある。青春はどの青春よりも自分が過ごした青春が素晴らしい。「わが青春に悔いなし」である。

（二〇一五年五月十八日）

故郷見つめ考える

黒澤明が人間を諦めた理由は、今の私には何となく分かる。「人間とはこれしきのものか」。私も七十歳。立派な老人である。人間を諦めた老人は説教好きになる。懐古趣味の説教である。だれも入場料まで払って、映画や演劇から説教はされたくない。わが家にも、私の説教を嫌って若い連中が集まらなくなった。今は長男大吾《だいご》のアパートに集まって、私を攻略する策略を練っているらしい。それでいい。やってみろ。

私の処女作は「トンテントン」である。東京の下宿の炬燵《こたつ》で書いた。二十歳であった。もう、すでに望郷の念があった。少年時代、星鹿《ほしか》では老人からよく素行の悪さを説教された。そして、かんころ餅を振る舞われ「嫁盗み」の自慢話を聞かされた。老人の仲間が好きだった娘が隣村へ嫁ぐ夜、仲間たちは褌《ふんどし》いっちょうで海から花嫁衣装の娘を盗む。そして、夜の浜辺で三々九度の杯をするのである。実際、そうして夫婦になり幸せな一生を過ごした人もいるらしい。洋画の「卒業」も嫁盗みがテーマであったから、どこにでもある話かもしれない。

黒澤明の映画から説教を感じ始めたのは「赤ひげ」以降である。私も人間を諦めかけているのかもしれない。隠居を考えたりもする。「田舎で百姓でも」。でも、「でも」で百姓ができるほど田舎暮らしは甘くはない。東京の家を売り払って、田舎暮らしをした人を知っている。今は横浜でアパート暮らしである。テレビ番組の「人生の楽園」では、隣近所の人がおかずや野菜を持って来たり、集まっては酒を飲んだりしているが、あれは稀《まれ》なケースといっていい。「やらせ」か「ビジネス」かもしれない。人間はすぐに慣れる。ま、私の性格からすれば、田舎暮らしは三日で飽きて、すぐに東京を恋しがるのかもしれない。

こんな話を知っている。都会に働きに出た娘が小遣いを貯めて、お盆休みに故郷へ帰る。隣近所の人は「よく帰って来たね」と歓迎する。そして、「いつまでおるとね」と聞くのである。娘は都会に帰りたくなかった。お盆が過ぎて、まだ実家にいる娘に隣近所の人は「〇〇ちゃん、まあだおったとね」と屈託なく言う。その夜、娘は故郷を離れた。そして、再び故郷に戻ることはなかった。どっちが悪いというのではない。「そこで生まれて、そこで生きて、そこで死ぬ」。それが故郷かもしれない。それが人生の幸せなのかもしれない。

（二〇一五年五月二十五日）

書く、そう思った日

「そこで生まれて、そこで生きて、そこで死ぬ」。それが人生の幸せなのかもしれない。離れたくなくても、故郷を離れなければいけない人もいる。故郷を離れた男は祭の日に故郷へ戻る。故郷には事件が待っている。寅さんや、大衆演劇の股旅物や時代劇や西部劇のテーマである。事件を解決して男はさすらいの旅に出る。「シェーン、カムバック」。女は離れて生きる土地を故郷にする術を知っている。女は離れた土地の言葉にもすぐに馴染《なじ》む。亭主の親類縁者との人間関係も上手く構築する。付かず離れずの贔屓《ひいき》なしの人間関係である。贔屓はあるのだが、それを隠して上手《うま》く付き合うのが村社会の人間関係である。姉妹とは疎遠になる。「兄弟は他人のはじまり」。

女は土地の味にもすぐに馴染む。食い物は土地の文化である。雑煮から味噌汁までも土地土地の文化の味付けがある。近頃、よくかんころ餅を食いたくなる。少年時代の星鹿《ほしか》の味である。かんころは薩摩芋《さつまいも》を薄く輪切りにしてゆがき、天日に干したものである。昔、星鹿には煮干やかんころを干した莫蓙《ござ》がそこここに敷いてあり、壮観であった。餅米とかんころを蒸したものがかんころ餅である。年寄りになると味も少年時代の味に戻りたくなるのかもしれない。

いまでも博多に着くと、博多駅の地下でラーメンをすする。筑肥線の駅のホームなら立ち食いの素うどんである。「ああ、帰って来たばい」である。星鹿の女の人はかんころ餅を蒸《ふ》かすのが上手かった。

東京生まれの友人が「俺は五、六歳の頃から、おじいちゃんに連れられて神田の末広亭で古今亭志ん生の落語を聴いた。帰りには藪《やぶ》そばで天ぷらそばを食った」。また「歌舞伎座では団十郎の歌舞伎を観た。帰りは銀座で寿司を食った」とも言った。自慢したわけでもないだろうが自慢気であった。東京で寿司といえば握り寿司である。松浦では寿司といえば押し寿司か巻き寿司である。「俺が大衆演劇を観ていた頃に、こいつは歌舞伎を観ていたのか」。私の嫉妬心と劣等感に火がついた。私が星鹿でかんころ餅をかじっていた時代に、東京生まれの友人はすでに握り寿司を頬張っていたのである。「松浦を書かなければ」。その日が松浦を振り返った日でもあった。

（二〇一五年六月一日）

褒められて生きる

振り返った松浦には、海があり炭鉱があった。そして、私を溺愛してくれた星鹿の祖母がほほ笑んでいた。勝山キヨといった。早くに連れ合いを亡くした祖母は旅籠《はたご》を営んでいた。「亀の甲より年の功」が口癖であった。

なぜ祖母は私を溺愛したのか。孫で男は私だけだったということもあるが、やはり私が四月八日に生まれていることがある。四月八日はお釈迦《しゃか》様の誕生日である。祖母は私とお釈迦様とを因縁づけた。「唯我独尊《ゆいがどくそん》」だけなら釈迦と似ていないこともない。人は、だれかに褒められたくて生きている。

高倉健さんのエッセイ集『あなたに褒められたくて』では「お母さん。僕はあなたに褒められたくて、ただ、それだけで、あなたがいやがっていた背中に刺青《ほりもの》を描《い》れて、返り血浴びて、さいはての『網走番外地』、『幸福《しあわせ》の黄色いハンカチ』の夕張炭鉱、雪の『八甲田山』。北極、南極、アラスカ、アフリカまで、三十数年駆け続けてこれました」と書いている。結びは「あなたに代わって、褒めてくれる人を誰か見つけなきゃあね」である。

私もだれかに褒められたくて生きてきた。「おまえは人とは違うと」。祖母は私をよく褒めた。人はそれぞれ人とは違うが、それほどには違わない。人は叱っていいタイプと褒めたほうがいいタイプがある。名うての監督はこれを上手《うま》く使い分ける。

私は褒められると有頂天になるタイプである。星鹿の幼稚園の女の先生が私の絵を褒めてくれた。「上手かねえ。まっと丁寧に描けばまっと上手になるとやなかと」。その日から、私は絵は丁寧に描くことにしている。

星鹿小学校時代の女の教師はよく私を殴った。それも拳骨《げんこつ》で頭を殴るのである。感情的な殴りであった。愛に鞭《むち》はいらない。女の平手打ちならうれしがったりもするが、拳骨はいけない。よっぽど私との相性が悪かったのだろう。親と子、上司と部下、男と女、同級生。相性の悪さは犯罪すら生む。国と国なら戦争である。

（二〇一五年六月八日）

憧れの人から難問

私は、頑固で意地っ張りで、なんとも可愛《かわい》げのない小憎らしい子どもだったようだ。やることなすことが、小生意気で小賢《こざか》しい子どもというのはいつの時代にもいるものである。殴りたくなる。しかし、殴っては萎縮させるだけである。私は稽古場で、俳優を殴ったり罵倒《ばとう》したりはしない。

人にはだれでも長所と短所がある。その人のいい箇所を伸ばせば、悪い箇所はなくなっていく。自信を持つと、それが実力となる。そうやって、凄い俳優になった人をなん人も知っている。凄い人間になったといってもいい。逃げる人は追わない。それだけの人である。他所で別の長所を伸ばせばいい。私の癖と性格は死ぬまで直らないのかもしれない。死ぬまで直らないのが癖と性格である。

星鹿《ほしか》の祖母が亡くなってから、私を褒めてくれたのが和子姉さんである。「あんたは、やればできるとやっけん」。和子姉さんは煽《おだ》て上手で褒め上手の人であった。あの微笑みにあの声である。どんな男でもころっと参るはずである。私もいろいろな和子さんを知っているが、あんなに褒め上手の人はいない。昭和生まれの女の人の名前は昭子と和子が多い。男は昭か和夫である。

和子姉さんは運転免許を取ると、すぐに私を城山へのドライブに誘った。途中で車が溝に嵌《はま》ったりしたが、私は平気な顔をしていた。正直、怖かった。なによりも怖かったのは和子姉さんかもしれない。夕暮れの城山のてっぺんで和子姉さんが私に聞いた。「耕大ちゃんは大きくなったらなんになると」。憧れの人からの難問であった。映画監督になりたいとは言えなかった。言えば、ころころと笑うに決まっている。私が長崎市を訪ねると、なぜ和子姉さんに連絡をするのか。別に小遣いが欲しいわけではない。あの日の難問に少しずつでも応えたいからである。あの夕暮れの和子姉さんは夕陽に輝いて、青島の観音様にそっくりであった。

先日、長崎市のジャズが流れる喫茶店で「映画監督をやるかもしれない」と和子姉さんに告げた。和子姉さんは、微笑みながら「よう気張ったねえ」と感嘆してくれた。ジャズは「シング・シング・シング」であった。私は「あなたに褒められたくて」生きている。

（二〇一五年六月二十二日）

初恋はどんな味か

人はいつ頃に初恋を体験するのだろうか。私の場合は幼稚園の女の先生になるのか、それとも和子姉さんか。どちらも憧れの人であった。中学時代の同級生に惚れっぽい男がいた。廊下ですれ違う独身の女の先生や、運動場でゴム飛びをしている下級生にもすぐに惚れた。

同級生は「こんだちのがほんなこての初恋たい。いままでの初恋は嘘《うそ》らん気、嘘《すら》ごとたい」と言った。いままでの恋は嘘、いまの恋が正真正銘の初恋だという。そして、一週間もすると違う女の人に惚れていた。多感といえば多感、移り気といえば移り気。同級生は「初恋の味はカルピスっていうばってん、違う。初恋の味は脱脂粉乳の味たい」とも言った。私たちの時代に完全給食制度になった。主食はコッペパンである。おかずはイモかカボチャの煮っ転がし。それに脱脂ミルク。

映画も純愛物語が流行《はや》っていた。日活映画「泥だらけの純情」は、深窓の令嬢と下町のチンピラとの純愛物語である。偶然に知り合い、周囲に猛反対された二人は雪山で心中をする。純愛のままであった。それを聞いたチンピラの兄貴分が「ばかやろう」とうれしそうに言った。吉永小百合が歌う主題歌「泥だらけの純情」がヒットした。浜田光夫もよかった。東映映画では「故郷は緑なりき」があった。深窓の令嬢が佐久間良子で、満州から引き揚げて来て、兄の家に厄介になっている学生が水木譲であった。学生は苦学をして東大に入るが、深窓の令嬢は病死する。私はどちらかというと「故郷は緑なりき」が好きだった。

松浦の親戚には満州からの引揚者も多くいた。また、炭鉱にも引揚者が多かった。佐世保に着いた引揚者が、その足で北海道へ渡った話も知っている。故郷にも寄らずにである。騙《だま》された人は、また騙される。星鹿《ほしか》の少年時代は漫画の回し読みが流行っていた。「本が汚れる」といって、見せたがらない、いい家柄の奴もいた。ろくな奴ではない。

柔道物の『イガグリくん』、山川惣治の『少年ケニヤ』。女の子が読む「少女ブック」の表紙は鰐淵晴子さんや松島トモ子さんが飾っていた。後に、鰐淵晴子さんとは「天使が微笑《ほほえ》んだ男――森永太一郎伝」でご一緒するはずであったが、一回稽古場に来たっきりでリタイアされた。台詞が膨大だったのか、それとも……。

（二〇一五年六月二十九日）

「兵隊手帳」に思う

城山の麓に、お寺「浄土寺」がある。星鹿の祖母の家の菩提《ぼだい》寺である。祖母はよくお寺へお参りをしていた。明治十八（一八八五）年の生まれである。昭和四十四（一九六九）年まで生きた。享年八十四であった。「精霊流し」のおばばのモデルである。私の少年時代に浄土寺に幼稚園ができた。才槌《さいづち》頭を傾《かし》げて、グループの後ろに写っている私の写真が残っている。父もグループの離れにネクタイを締めて写っている。

父は島根県隠岐《おき》の島の生まれである。いまも立派な家があり、槍《やり》や刀が飾ってある。あの家は隠岐造りというそうである。庭には大木があり、隠岐植物が茂っている。あの家に、一人で泊まる勇気はない。

なぜ、父が隠岐の島を離れて、西の果ての星鹿までもやって来たのか、それはわからない。わかっているのは、父が祖母の旅籠《はたご》に下宿したことだけである。その下宿屋には母がいた。母も詳しくは語りたがらなかったが、戸籍では私は六カ月で生まれたことになっている。いわゆる、できちゃった婚である。「長崎の鐘」の永井隆も島根県から長崎へやって来て、下宿屋の緑さんと結婚している。永井隆の父と似た境遇に近親感を覚えた。父も永井隆も長崎に温暖の地を求めたのかもしれない。

人間関係も温暖な関係とそうでもない関係がある。「なして戦争に行かんかったとや」と父を詰《なじ》ったことがある。「戦争には行ったと」。父はそれだけで口をつぐんだ。子どもは残酷である。「戦争でなぜ死ななかったのか」と詰問したのである。父が戦争で死んでいたら、私は誕生していない。子どもは矛盾には無頓着である。

父の「兵隊手帳」は、いまも残って我が家の仏壇の引き出しの中にある。私の家内には戦争体験を語ったそうである。私には原爆の悲惨さを語ってくれた。長崎に原爆が落ちて、しばらくして長崎市へ出張したことがあったらしい。流行歌「長崎の鐘」が流行《はや》っていた頃である。父も「懺悔《ざんげ》」をしていたのである。懺悔は、どんな懺悔にも値打ちがある。

いまの浄土寺のご住職は香林《かばやし》亮善《りょうぜん》さんである。亮善和尚には、私の書「無一物即無尽蔵」を送らせていただいた。永井隆が京都大学教授の恩師からお見舞いにもらった書の言葉である。

（二〇一五年七月六日）

和尚さんと禅問答

星鹿《ほしか》小学校には「一夢一徹」の私の書がある。今年の民話ミュージカルは星鹿小学校である。巡り合わせである。電話で亮善《りょうぜん》和尚は「大歓迎ばしますけん」と言っていた。星鹿が大歓迎をするのである。どんな歓迎だろうか。おっとろしか。浄土寺の境内は私たちの遊び場であった。いまの亮善和尚の先々代が亮雄《りょうゆう》ご住職であった。

亮雄和尚は「男はつらいよ」の柴又の御前様《ごぜんさま》に似てなくもない。亮雄和尚は説教臭くなく説教をした。私にはあの真似《まね》はできない。亮雄和尚は私に手招きをして、座敷の火鉢で餅を焼いてくれた。あれはうまかった。砂糖醤油であった。砂糖は貴重品であった。

「和尚さん、あの世はあると」「あの世はな、あると思う人にはある。なかと思う人にはなか」。まるで禅問答である。「耕大ちゃん、あの世の小噺《こばなし》ばしてやろか」「うん」「あのよう」「えっ」「あのよう。おしまい」。まるで江戸っ子である。「人生はまるでまるでの繰り返し」。あの世のこの世の門が寺である。その寺を守る人を侍という。

境内では漫画雑誌「冒険王」や「少年」の回し読みをした。その漫画雑誌には、よく二十一世紀の地球が描かれていた。二十一世紀の地球は宇宙船が飛び交い、蛸《たこ》によく似た八本足の火星人と宇宙服の地球人が握手をしたりしていた。宇宙人の蛸は、どれが手でどれが足なんだろ

上：星鹿浄土寺幼稚園第１回卒業記念（昭和 26 年度）。右上の娘を抱えた男性が亮善和尚。筆者はその足元（２列目右から４人目）ですまし顔
下：星鹿小学校時代の筆者

うか。テレビは立体テレビであった。あの時代、二十一世紀は遠い未来であった。

先日、宇宙に詳しい人に「宇宙人はいつ地球に来るのですか」と聞いたら「もう、とっくに来ているんですよ」と言っていた。すでに「未知との遭遇」をしているというのである。「ああ、分かった。宇宙人はあいつだ」。和子姉さんにも未来の話をしたが、ころころと笑っているだけであった。いま、和子姉さんは八十歳近くになって、長崎市でころころと笑って生きている。

先々代の亮雄和尚にも二十一世紀の話をした。亮雄和尚は「そげん未来に私が生きているわけでもなし」とにべもなかった。浄土寺は慶長十一（一六〇六）年に開山している。星鹿に唯一のお寺ということもあって、星鹿の人を支え、また支えられている。（二〇一五年七月二十日）

白いライオン追い

亮雄《りょうゆう》和尚は城山の「石童丸《いしどうまる》」伝説の話をよくしてくれた。石童丸の父重氏は世情の無常を感じ、城山を捨て紀州高野山で仏門に帰依する。その子石童丸は父を慕って紀州高野山に登るが、父とは名乗らない僧の弟子となり一生を送った。この物語は今年の星鹿《ほしか》小学校民話ミュージカルにするつもりでいる。

父は星鹿になじもうとしていた。浄土寺に幼稚園を開園したのも、父やそのグループである。私が幼稚園児になる年代になったこともあるのだろう。昔は幼稚園といえばお寺であった。

「ゆりかごから墓場まで」と言えなくもない。あの時代の星鹿は、暮れや正月は消防団の半纏《はんてん》を羽織って、一升瓶をぶら下げた男の人が闊歩《かっぽ》していた。父は消防団に入っていなかった。やはり、土地の人ではなかったのである。「島原に行ってみたか」が口癖であった。

島原市は長崎県の県南にある。同じ長崎県でも県北と県南はまったく違う。言葉もまったく違う。島原の言葉は鹿児島の言葉に似ている。鹿児島と島原は縁があるのかもしれない。長崎市から島原へ向かう土地の茶褐色の土の色はアフリカの土の色によく似ている。三十年前、アフリカにはシナハンでいった。映画「白いライオン」のシナリオを書くハンティングである。「白いライオン」といっても歯磨き粉の話ではない。伝説の白いライオンが泣くと、涙は雨になるという。飢餓の村を救うために、老人と少年が白いライオンを探して旅をする話である。アフリカにはインド経由でナイロビへ渡った。

アフリカ大陸に入って、飛行機の翼下に見えるアフリカ大陸には、象の群れやシマウマの群れでいっぱいであった。あっちこっちにはキリンもいた。ナイロビからはジープで現地の人も入らないような奥地に入った。サファリである。

サファリはジョン・ウェイン主演で映画にもなった。「ハタリ!」である。ナイロビのホテルには「ジョン・ウェイン」バーもあった。椅子が高過ぎて座れなかった。奥地に入ると、平原で腰に布を纏《まと》っただけの少年が、棒っきれひとつを持って羊の群れを追っていた。二カ月間、アフリカに滞在した。インドではガンジス川でも遊び、ぼろぼろになって帰って来て、家内には「すぐに風呂に入ってください」と急《せ》かされた。

(二〇一五年七月二十七日)

老いとは譲ること

アフリカの奥地の家は、牛の糞を捏《こ》ねて造った家である。もちろん、テレビもラジオもない。電気がないのである。食事は牛の血と乳を混ぜた飲み物が丼で一日に一杯だけである。陽が落ちれば寝る。私はアフリカで人の幸せについて考えた。知らなければ知らないで、なければないで幸せなのではないか。人は溢《あふ》れるともっと欲しくなる。「戦争」が始まる。

マサイ族の腰は私の目の辺りまである高さだった。視力は五・〇はあるのではないか。マサイ族は「ルック」と英語で言い、遠くを槍《やり》で差した。私には見えなかったが、走っている女の人がみるみる大きくなった。スワヒリ語の女の人は素っ裸であった。雪を頂く巨峰キリマンジャロが見える草原は、すべてマサイ族の縄張りらしい。アフリカはいまもあのままかもしれない。

私は長崎県の高校教育課が担当する「心に響く人生の達人セミナー」で島原の島原翔南高校を訪れたことがある。いまは、老いと腰痛で若い人に譲っている。

老いとは、譲ることである。生きることも譲る。「楢山節考《ならやまぶしこう》」である。翔南高校でアフリカの話をした。島原には具雑煮という雑煮がある。六兵衛という麺もある。うまかった。店の女の人に「これは蕎麦《そば》なのですか、うどんなのですか」と尋ねると、女の人は愛想なく「六兵衛」とだけ応えた。愛想がなかったのは、その質問に飽きていたからである。

島原には六兵衛という麺造りの名人がいた。島原の飢饉《ききん》を薩摩芋《さつまいも》の粉と山芋をつなぎにした保存食で救った深江の名主である。父は「わずか十六歳で」と天草四郎を語っていた。「島原・天草の乱」は舞台劇「古渡り峠」で詳しく書いた。

父はクリスチャンに興味を示していた節がある。長崎の大浦天主堂の話をよくしていた。新聞は「赤旗」も読んでいた。父は、「赤旗」を配達する年配の品のいい婦人と、縁側で楽しそうに話していた。母はそれを嫌がった。母は気性の激しい人であった。なにかあると、目をつり上げて父に食って掛かった。「俺も木の股から生まれたわけではなか」。父のあの言葉だけは忘れられない。

（二〇一五年八月三日）

わが故郷の「夕陽」

アフリカには「アフリカの水を飲んだ者は再びアフリカを訪れる」という諺《ことわざ》がある。アフリカの大平原に落ちる夕陽は息をのむほどに美しかった。キリマンジャロが影絵になっていた。感嘆している私に案内人の黒人が「どうですか。アフリカの夕陽は素晴らしいでしょう」と誇らしげに英語で言った。「なんだよ。おまえの夕陽かよ」と日本語でつぶやくと、通訳の人がそのままを英語で告げた。黒人はにやりと笑った。私はむきになって「ここの夕陽も素晴らしいが、俺の故郷の日本の西の果ての夕陽は、もっと震えるほどに美しいよ」と言い返した。

それは確かである。どこで見る夕陽も素晴らしいが、わが故郷の夕陽ほどに素晴らしい夕陽はない。若干の感傷は混じってはいるが、嘘ではない。海や山の風景も故郷ほどに素晴らしいものはない。童謡の書き手や詩人は常にそれを謳《うた》う。繰り返し繰り返し謳う。東京では夕陽を眺めることすらなかった。眺めたとしてもぼやけた夕陽があるだけだ。遠く離れれば離れるほどに故郷の燃え落ちる夕陽は素晴らしい。

しかし、感傷に浸る時間は僅《わず》かであった。その夜もテントを張って寝なければいけなかった。案内役の黒人は料理人も兼ねていた。野外の夕食は鶏であった。近くの村から調達してきた鶏である。近くといっても優に三〇、四〇キロはある近くである。四方に杭を打ってテントを張る。私たちはその作業に熱中していた。

ふと、大木の傍《そば》を見ると二人の足の長い黒人が槍を数本持って立っていた。「マサイ」と黒人が言った。若いマサイ族は「ルック」と英語で言った。黒人は「目を見るな」と言ったっきり、チキン料理に没頭していた。マサイ族は「ここは俺たちの縄張りだ」「この槍を買え」と言っているらしかった。「槍は日本には持って帰れないよ」と言うと、黒人は「わかってる、黙ってろ」とスワヒリ語で言った。

緊迫すると、言葉はどこの言葉の意味もわかるものである。黒人は湯掻《ゆが》いた鶏を皿に盛ると、マサイ族に差し出した。マサイ族は大木の根っこで鶏をむさぼるように食っていたが、食べ終わると「うまかった。これで俺とおまえたちは仲間だ」と言った。「守ってやる」というのである。

テントの中で目は瞑《つむ》ったが、眠れなかった。マサイ族は大木の根っこで焚《た》き火をし、朝までぺちゃくちゃと喋《しゃべ》っていたが、鳥のさえずりが聞こえ始めた朝には消えていた。マサイ族とは粋な種族である。

（二〇一五年八月二十四日）

父が残した二文字

父は松浦市の病院で臨終を迎えた。亡くなる三十分くらい前に、父はわたしの掌《てのひら》に指で片仮名の二文字を書いた。わたしには「ゲキ」と読めた。父は「演劇を頑張れ」と励ましてくれたのだと解釈した。「ああ、任しとかんや」と応えるとほっとした表情を浮かべた。父が愛読していた「赤旗」の日曜版なら、わたしも読んでいる。

父の葬式も終えてしばらくして、はっとした。父のあの二文字は「オキ」と書いたのではないか。「隠岐《おき》を頼む」の意味だったのではないか。「おやじ、わがができんことば、おいにやれというとか」。父は島根県・隠岐の親戚に不義理をしていた。母は隠岐の親戚や姑《しゅうと》とは仲が悪かった。嫁と姑と小姑。どこにでもある人間関係である。隠岐と星鹿《ほしか》では風土もまったく違った。

隠岐の冬は横殴りに雪が吹雪《ふぶ》く。後鳥羽《ごとば》上皇や後醍醐《ごだいご》天皇、政治犯が流された島である。「大塩平八郎の乱」の年には「隠岐騒動」も起こっている。「隠岐騒動」は二〇一三年に舞台劇として書き、隠岐でも上演することができた。やはり、父の納骨はいろいろとあった。隠岐で知り合ったアマチュア劇団の人が世話をしてくれた。佐々木雅秀さんや早川秀敏さんである。

演劇が取り持つ縁であった。岡部の墓があるお寺のご住職が親切に対応してくれた。松浦のお寺とも頻繁に連絡をしてくれていた。隠岐には、父やわたしによく似た顔の人がいた。隠岐ではそれを「岡部顔」というそうである。父の戒名は隠岐のご住職につけていただいた。隠岐の岡部の墓は海が見える小高い丘の上にある。

父は名前を大麓《だいろく》といった。大正六年の生まれである。大きな麓を大きく耕せ。それでわたしが耕大である。わたしの長男は大吾と名づけた。「わたしが耕した土地に大きい吾を建てろ」の意味である。

わたしは小学校の三年生と四年生を隠岐で過ごした。父が星鹿を離れたのである。父と星鹿になんの軋轢《あつれき》があったのかは知らない。ただ、父が老婆に口汚く罵《ののし》られているシーンは見た。あの人だかりの中には、わたしもいたのである。

（二〇一五年八月三十一日）

堪えた隠岐の日々

網がどうこうと言っていたから、父の仕事が関係していたのかもしれない。父は黙ってうなだれていた。わたしの長男、大吾は父によく似ている。けんか嫌いである。隔世遺伝はある。星鹿《ほしか》を離れる日、祖母は仏壇を拝んでいた。隠岐《おき》までの山陰線から連絡船は遠い道のりであった。にぎり飯と飛び魚の干物の味は忘れられない。隠岐ではいろいろあった。わたしは映画ばかり観ていた。映画館の暗闇だけが心安らぐ場所であった。

「ローマの休日」のオードリー・ヘプバーンの清楚《せいそ》さには心が躍った。だれもが競ってヘプバーンの似顔絵を描いていた。テレビは力道山を連れてやって来た。力道山と木村組は、シャープ兄弟との世界タッグ選手権試合を引き分けた。来週へ続くである。力道山の「空手チョップ」には熱狂的な声援が送られた。新橋駅の西口広場の街頭テレビには、二万人の群衆が埋め尽くしたそうである。力道山は戦争でやられたアメリカ人を空手チョップでやっつけた。

転校生。わたしは小生意気で小ざかしい子どもだった。環境にうまく適応する転校生ではなかった。言葉にもなじまなかった。地元の年かさの少年が放っておくわけがない。星鹿には、強い味方の兄貴分がいっぱいいたが、隠岐には兄貴分がいなかった。集団でやられたりした。なにより堪《こた》えたのは「隠れん坊」であった。年かさの少年が「おまえを鬼にしてやるだが」といった。わたしは喜んだ。仲間外れにしていたわたしを、仲間にするというのである。「二千数えて、捜せ」。わたしは律義に二千を数えて捜した。校舎の床や裏の倉庫まで捜したが、だれもいなかった。

寒さに震えて帰る道すがら、電気がついた年かさの少年の家を庭から眺めた。年かさの少年は家族と談笑しながら食事をしていた。殺意を自覚した。吹雪の夜、母は松浦へ帰ると父へ訴えた。父は黙っていた。家にも、天井から雪が舞っていた。わたしは寝たふりをしていた。子どもは寝たふりがうまい。

（二〇一五年九月七日）

少年は妄想をする

　結局、松浦へ帰ることになった。女は、生まれ故郷が素直に好きである。男は複雑に好きである。隠岐《おき》汽船に勤めていた父は、母の親戚のコネで松浦市役所へ勤めることになったのである。コネはいつの時代でもある。星鹿《ほしか》から隠岐へ、そしてまた松浦へ。韋駄天《いだてん》走りであった。悲劇も繰り返せば喜劇である。

　松浦はよかった。映画館が三館もあった。映画ばかり観ていた。「ひめゆりの塔」「雨月物語」「東京物語」「赤線地帯」。洋画では「静かなる男」「禁じられた遊び」「シェーン」。新東宝のわき毛のある女優の裸映画も隠れて観た。「社会派」「肉体派」という言葉もあった。ああ、貸し本屋もあった。

　志佐小学校の同級生は詮索をしなかった。志佐には炭鉱があった。不老山炭鉱である。不老山には徐福《じよふく》伝説がある。秦の始皇帝に仕えた徐福である。秦の始皇帝は中国を統一すると、外敵を防ぐために万里の長城を築いた。

　中国では「人工衛星から肉眼で見える建造物は万里の長城だけ」といった自慢話があるらしい。裏を返せば、秦の始皇帝こそ「人工衛星から肉眼で見えるほど地球に傷を付けた最初の男」とも言える。徐福は秦の始皇帝の命令で不老長寿の霊薬を探しに、東海の果ての果て、黄金の国、日本にやって来たのである。

この話は志佐小学校の民話ミュージカルで取り上げた。

和子姉さんは、よくわが家へ遊びに来ていた。そして「うちもこげん家庭ば作りたかと」と言っていた。母は「いろいろあるとよ」と言いながらうれしそうだった。いろいろあり過ぎる。お世辞か冗談であったのかもしれないが、冗談ではない。わたしは憧れの人、和子姉さんと東京の成城に家庭を持ちたかった。和子姉さんは微笑みながら、赤い短パンで広い庭の芝生に水をまいている。白く長い八頭身美人の脚である。庭では子どもたちが遊んでいる。わたしは東京・砧《きぬた》の東宝撮影所で映画監督をしている。そんな妄想をした。東宝映画の影響である。少年は妄想をする。

「わたしの父と母は実の父と母ではない。実の父は外国航路の船長で、ある日札束をかばんいっぱいに詰めて、黒塗りのベンツでわたしを迎えに来る。育ての親の父と母は札束に目がくらみ、わたしを引き渡す」。これも映画の影響である。あれは大映映画の影響ではなかったか。

（二〇一五年九月二十一日）

反核訴えたゴジラ

相次ぐ炭鉱の閉山で、クラスは転校していく生徒ばかりであった。松浦市の人口も半分に減っていた。過疎という嫌な言葉が誕生した。「昨日いた奴が今日はいない、今日いた奴が明日はいない」。松浦駅は別離の駅であった。わたしは大人の理不尽さを知った。去っていく同級生は北海道や北朝鮮のよさを語った。いま、どうしているのだろうか。生きていれば七十歳である。

三十年ほど前のこと、名古屋に集団就職をした同級生が、繁華街・栄でスナックをしていると、松浦市役所に勤めていた吉本務さんから聞いた。名古屋で劇団の公演があったついでに訪ねてみた。まだ客はいなかった。カウンターの奥の同級生はキャベツを刻んでいた。同級生には面影があった。かつての野球仲間であった。「覚えとるや」といったら、下を向いてポロポロと涙を流した。

同級生は志佐中学校のクラス会にも参加するようになっていたが、ぱったりと音信が途絶えたので、数年後また訪ねてみた。スナックは閉店していた。あの同級生も韋駄天《いだてん》走りの人生なのかもしれない。今年もクラス会はある。

昭和二十九（一九五四）年十一月三日、怪獣映画「ゴジラ」が封切られた。ゴジラは同年三月一日にビキニ環礁での核実験によって起きた第五福竜丸事件をきっかけに製作されている。身長五〇メートルの怪獣ゴジラは人間にとっての恐怖の対象であると同時に「核の落とし子」「人間が生み出した恐怖の象徴」として描かれた。ゴジラは東京都心に現れ、口から放射能を吹いて、国会議事堂、松坂屋、服部時計店、日劇などを破壊した。有楽町では山手線を破壊した。いま、ゴジラの像はゴジラが破壊したはずの有楽町にある。

ラストシーンで、志村喬《たかし》が演じる山根博士のつぶやきが「ゴジラ」のテーマである。「あのゴジラが最後の一匹だとは思えない。もし水爆実験が続けて行われるとしたら、あのゴジラの同類がまた世界のどこかへ現れるかもしれない……」。あの時代、「力道山」と「ゴジラ」は時代の寵児《ちょうじ》であった。二人とも足は短かった。また、うたごえ運動が盛んとなり「原爆許すまじ」が歌われた。

（二〇一五年九月二十八日）

円谷幸吉の故郷へ

静岡県焼津港の漁船第五福竜丸は昭和二十九（一九五四）年三月一日、ビキニ環礁でのアメリカの核実験に遭遇、降りかかる白い灰をかぶり、同年九月二十三日、無線長の久保山愛吉さんの死が報じられた。久保山さんが「水平線上にかかった雲の向こう側から太陽が昇るときのような明るい現象」をビキニ海域で眺めてから半年余、広島、長崎に次ぐ三度目の核による犠牲者であった。

父は、「赤旗」を配達する年配の品のいい婦人と、縁側でそんな話ばかりしていた。母は不機嫌であった。

三井三池炭鉱や北海道の炭鉱の「英雄なき一一三日の闘い」から一年が過ぎていた。松浦の不老山炭鉱にも歌声は響いていた。「がんばろう」である。わたしは志佐のおくんちの野外舞台で日舞を踊る和子姉さんや、晴れ着の振り袖で淀姫《よどひめ》神社にお参りする和子姉さんを追っかけていた。和子姉さんは琴を弾く写真を家の座敷で撮らせていた。あれはお見合い写真だったのかもしれない。あの時代はお見合いは普通だった。恋愛結婚をして不幸になる人もいれば、お見合い結婚で幸せになった人もいる。人はそれぞれ、人生はいろいろである。そして、韋駄天《いだてん》走りで「ゴジラ」や東映や日活の映画館を梯子《はしご》する少年時代のわたしがいた。映画館は人生を学ぶ教室であった。

「ゴジラ」で特撮監督の円谷英二《つぶらや》を知った。「ウルトラマン」でも知られる円谷英二は福島県須賀川《すかがわ》市の生まれであった。韋駄天《いだてん》の円谷幸吉も須賀川市の生まれである。「円谷幸吉は、なぜ振り返らなかったのだろうか」。それを知りたくて、円谷幸吉の生まれ故郷を訪ねたことがある。「幸吉はもうすっかり疲れ切って走れません」と遺書に書き、右頸《けい》動脈をかみそりで切断して自殺したあの円谷幸吉である。実家は、囲炉裏《いろり》のあるがっちりとした造りの農家だった。幸吉の父、円谷幸七さんが丁寧に対応してくれた。東北の人らしい丁寧さであった。昭和十五（一九四〇）年、幸吉は安達太良《あだたら》山の麓で生まれた。

（二〇一五年十月五日）

円谷は振り向かず

円谷幸吉が生まれた昭和十五（一九四〇）年、日本は紀元（皇紀）二六〇〇年である。そして、世界を覆う戦雲に遮られて、日本はアジアで初めて開くはずだった東京オリンピックを中止している。

円谷幸吉は時代の子であった。昭和三十九（一九六四）年、円谷幸吉は東京オリンピックでヒートリーとデッドヒートを繰り広げた。迫り来るヒートリーに、スタンドの観客は総立ちとなり、日の丸の波が揺れた。「円谷、振り向け」「振り向くんだ、円谷」。しかし、円谷幸吉は振り向かなかった。テレビで観る円谷幸吉の顔は、ゴールを見つめて苦しそうにゆがんでいた。「ああ、もうこれで走らなくていいんだ」。ゆがんだ顔はそう言っていたのではないか。幸吉の父、幸七さんは「わたしの教育が間違っていたのかもしれない」と言った。

小学校時代、運動会で後を振り向いた幸吉を「男は決して後を振り向いてはいけない」とすごい剣幕《けんまく》で怒鳴ったらしい。「振り返ることは恥ずかしいことである」。幸吉の自殺の原因はいろいろと取り沙汰された。しかし、自殺や殺人の動機は一つではない。いくつかの原因が重なり合って、動機となるのである。幸吉は椎間板ヘルニアとアキレス腱の手術にも踏み切っている。「縁談が頓挫したことが傷になった」と指摘もされた。両親も認めていた縁談であったが、「メキシコ五輪があるから」と上司に横車を押されて破談になった。「四年は待てない」。程なく相手の女性は別の結婚に進んだ。「もう、走りたくない」。

昭和三十九年、東京オリンピックの年に振り返らなければならなかったのは、日本人のすべてだったのである。円谷幸吉の遺書はあまりにも有名である。

テレビがすごい勢いで普及し始めていた。「電気紙芝居」である。わたしの同級生では上志佐の尾崎武利の家が早かった。わたしたちは「力道山」と「快傑ハリマオ」を観るために尾崎武利の家へ通った。志佐から上志佐まで歩いて三十分は優にかかったが、テレビのためには厭《いと》わなかった。大勢の人で、座敷の床が崩れた。昼下がりの志佐の町角には、黒塗りの頑丈そうな自転車が置かれていて、拍子木を打ち鳴らす紙芝居屋の親父が「タダミはオカエリ」とガラガラ声で叫んでいたものだが、だれも紙芝居を観る者はいなくなった。紙芝居の親父は、寂しそうに黒塗りの自転車を引いて去った。時代は寂しそうに去るものである。

（二〇一五年十月十二日）

憧れの日活スター

映画では石原裕次郎がデビューしていた。タフガイである。裕次郎は長い脚と純情を持て余して「いかすぜ」と言っていた。映画は、総天然色シネマスコープになっていた。裕次郎の「嵐を呼ぶ男」のドラム合戦は壮絶であった。同級生の兄貴が、すぐに影響されてドラムセットを買った。二、三回、ドラムをたたいていたが「やかましか」と隣のおじさんに怒鳴られて、母親が納屋へしまってしまった。

この同級生の兄貴はマイトガイ小林旭の「ギターを持った渡り鳥」を見ると、すぐに影響されてギターを買った。親も甘やかし過ぎである。「馬も欲しか」といっていたが、さすがに親もそこまでは甘やかさなかった。馬を買ってやれば、あの人ならさすらいの旅をしていたかもしれない。

ニヤリと笑う殺し屋の宍戸錠、ダンプガイの二谷英明、誰もが日活スターに憧れていた。わが家に遊びに来ていた和子姉さんは「赤木圭一郎ば好いとう」と言っていた。あの時代の若者は、誰もが裕次郎も旭も赤木圭一郎も好きであった。

赤木圭一郎の西洋的な風貌と退廃的な雰囲気は「トニー」の愛称で呼ばれていた。風貌がどことなくハリウッドスター、トニー・カーティスに似ていたことに由来している。トニーは日活撮影所でゴーカートを運転中に、倉庫の鉄扉に激突して死亡した。同級生の女の子は肩を組んで泣いていた。「親が死んでも泣かんとに」。親戚のおばさんは苦々しそうにいっていた。和子姉さんは泣いたのだろうか。しばらくして、憧れの人、和子姉さんは松浦を離れた。「ぼくの恋人東京へいっちっち」であった。

星鹿にも巡回映画が回って来ていた。星鹿小学校の校庭にスクリーンを張って映すのである。映画は高峰秀子の「銀座カンカン娘」であった。スクリーンは風でゆがんでいた。高峰秀子の顔もゆがんでいた。その晩は、和子姉さんも祖母の旅館に泊まっていたのではないか。松浦を離れる別れのあいさつであった。顔には希望と書いてあった。

（二〇一五年十月十九日）

憧れの人は遠くへ

翌朝、祖母は和子姉さんをバスの停留所まで送るようにいった。わたしが和子姉さんを思慕していることを知っての、祖母の心遣いであった。和子姉さんは「耕大ちゃん、別離と書いてわかれと読むとば知っとると」といった。そうだった。別離と書いて「わかれ」とルビを振ることを教えてくれたのも和子姉さんであった。どうして憧れの人は遠くへ去ってしまうのだろうか。

わたしの友人が大学の夏休みに故郷へ帰った。「ぐらいした」と友人はいった。「ぐらい」はがっかりの意味も含む松浦地方の言葉である。擬音語といえる。憧れの人がマタニティードレスで繁華街を歩いていたそうである。東京の下宿で、友人は泣きながら「妊娠しとるとならば、家でじっとしとけばよかとに」といった。憧れの人の結婚相手はどんな人かと聞くと「知っていても、知りたくもない」といった。「学校の先生は好かん」ともいった。白状したも同じである。

わたしは同級生を慰めながら、なんだか嬉しかった。「おまえだけを幸せにしてたまるか」。人は、人の幸せを祈りつつ、不幸せを願っている。テレビの「なんでも鑑定団」でも、偽物だとわかると嬉しくなる。初恋の人と結婚するのがいいのか、いろいろあってから結婚するのがいいのか。わからない。どっちにしても人は後悔をするのかもしれない。人は、後悔を少しずつでも埋めながら生きている。初恋があれば晩恋があってもいい。

和子姉さんは、伊万里商高の濃紺の制服と赤いリボンを、白地に蝶の模様の入ったワンピースに着替えての巣立ちであった。「乙女心」も「女心」に着替えたのかもしれない。「愛があれば年の差なんて」といった人もいる。長崎市の喫茶店で会っているわたしと和子姉さんを、遠くの席から見ていた新聞社の知人が「へえ」といった顔をしていた。なにを勘違いしたのだろうか。年寄りになると七つの年の差くらいはなんでもなくなる。いずれにしても過ぎてしまった。

わたしたちはぼた山の下で野球ばかりしていた。


（二〇一五年十月二十六日）

誰もが西鉄ファン

まともなグラブもない軟球の三角ベースボールである。炭鉱の子も商店街の子も農家の子も、ごちゃ混ぜであった。布地のグラブを持っている商店街の子がいて羨ましかった。母の手縫いだそうである。和服に割烹着《かっぽうぎ》が似合う、まるで国語の教科書の挿絵で描かれた母のような品のいい母であった。その母は参観日にも和服で日傘を差して出席していた。「頼むばい、おふくろよい」であった。まだ、サッカーボールを蹴る少年はいなかった。子どもに構う親もそんなにはいなかった。冬もかじかむ手で野球をした。昭和二十年代末から三十年代前半は西鉄ライオンズの全盛期であった。

西鉄ライオンズは他のチームから「水爆打線」と恐れられていた。西鉄打線の中核を担ったのは、三番「四国の怪童」中西太、背番号六。四番青バットの「天才打者」大下弘、背番号三であった。「西鉄の選手は朝まで中洲で酒ば飲んどっても、寮に戻ったら素振りをするとぞ」「大下は人前では練習嫌いのように装っとるばってん、陰の努力ば惜しまんとぞ」「照れ屋の大下のニックネームはポンちゃんぞ。ポンポンとホームランば打つけんポンちゃんぞ」。少年の誰もが西鉄ライオンズファンであった。平和台球場は歌い踊る炭鉱マンと「炭坑節」でいっぱいであった。

少年の一人が北朝鮮へ帰ることになった。帰れるようになったのである。野球仲間は家から米を持ち寄って、公民館で混ぜご飯の送別会をした。おかっぱ頭の少年の姉が凜《りん》とした挨拶をした。「我が祖国は」。少年は汽車で新潟まで行くといった。わたしは少年の一家を松浦駅で見送った。少年の果てしのない旅が始まったのである。

人は忘れるから生きていける。または忘れたふりをして生きている。わたしも和子姉さんを忘れたふりをして野球ばかりしていた。しかし、うわさは耳に入る。我が家で、おしゃべり好きの親戚のおばさんが「東映のスカウトマンが和子さんの家ば訪ねて来らっしゃった。東映のニューフェイスたい」と得意そうにいっていた。

（二〇一五年十一月十六日）

「戦後」の意味思う

なにもそのおばさんが得意がることもないが、わたしもちょっと得意になった。「さもありなん」である。しかし、和子姉さんの家は東映ニューフェイスの誘いを丁重に断ったそうである。女優を堅気の職業とは考えなかったのかもしれない。あの家ならば、さもありなんである。だけど、女優になってプロ野球の選手とでも結婚されたらかなわない。あれは、あれもこれもおしゃべり好きのおばさんの脚本だったのかもしれない。おばさんは名脚本家であった。おばさんは「プロ野球選手は金は稼ぐし、家にはおらんし、人はよか、スタミナもある。結婚相手としては抜群たい」と和子姉さんをけしかけていた。プロ野球選手はだましやすいというのである。そうなのか。相手はプロである。

和子姉さんのそれからは知らない。結婚したことは知っているが、知っていても知らない。

戦後七十年。作家の早乙女勝元《さおとめかつもと》さんは「十年後はまだ戦後でしょうか。それとも戦前、戦中でしょうか。戦争体験に憲法九条が重なり、戦後の平和の礎となりました。民間人の被害を継承していくことが、戦争への道にいささかのブレーキになりはしないかと思ってやってきました。戦争を生き延びた者の使命だと思っています」と発言している。吉永小百合さんは「戦後という言葉がずっと続けばいい」といった意味のことをいっている。

尾崎武利の家のテレビでフランキー堺主演の「私は貝になりたい」を観た。衝撃であった。内地の部隊に所属していた理髪師の主人公は、厳しい訓練の日々を送っていた。ある日、撃墜されたアメリカ軍Ｂ29の搭乗員が裏山に降下する。主人公は隊長から搭乗員を刺殺するよう命じられた。しかし生来の気の弱さから、実際にはけがをさせただけに終わる。終戦後、主人公は除隊して無事に帰郷する。しかしある日、特殊警察がやってきて捕虜を殺害したＢＣ級戦犯として彼を逮捕し、主人公は理不尽な裁判で死刑を宣告される。彼は処刑の日を待ちながら「もう人間には二度と生まれてきたくない。生まれ変わるなら、深い海の底の貝になりたい」と遺書を書く。

（二〇一五年十一月二十三日）

橋本忍を意識した

あのラストシーンが忘れられない。脚本は橋本忍であった。あの日は、わたしが脚本家橋本忍を意識した日でもあった。山田洋次との共同脚本「砂の器」は、原作者の松本清張をして「原作を上回る出来」といわしめた傑作である。あの映画にも映画のすべてがあった。なにより も素晴らしかったのは、放浪する親子を日本の四季の風景で描いたことである。

「忠臣蔵」がいまもなぜもてはやされるのか。「忠臣蔵」も日本の四季の風景で描かれているからである。桜の季節に事件が起こり、夏の猛暑を耐えに耐え、落ち葉の秋に周到な準備をして、雪の冬に討ち入る。日本ならではである。わたしが監督ならば討ち入りの戦いのシーンでも大雪を降らせる。ラストシーンの切腹は桜吹雪である。

「生きる」「七人の侍」「蜘蛛巣城《くものすじょう》」「日本のいちばん長い日」。重要な日本映画には、どこにも名脚本家橋本忍の名があった。

中学で「飛びたつ雁《かり》」という短編の小説をシナリオにする国語の授業があった。鉄砲で撃たれて傷ついた雁を、老人と少年が看病して空へ放すという話である。小説をシナリオにするのが脚本家である。わたしは跳び上がらんばかりに喜んだ。教室で脚本の勉強ができるのである。

担任だった独身の女の先生の授業であった。この先生の口癖も「あなたは、やればできる」であった。先生には随分と反抗をした。職員室で「あなたは、なしてそげんに反抗するとですか」と叱られて「反抗期ですけん」とやり返した。女の先生はあぜんとしていたが、ぱちんと平手打ちでたたかれた。音が小気味よくてうれしかった。少年は好きな人には反抗してみせる。「理由なき反抗」である。「女ごのくせに男ばたたくとですか」とまた反抗したら、隣の机にいた体育の男の先生から「男ばたたくとが女ごの仕事じゃろが」とげんこつで殴られた。あの男の先生も女の人に平手打ちをされた経験があるのかもしれない。

「人ばたたいたとは初めてよ」と女の先生はいっていたが、あれから男を平手打ちしたことはないのだろうか。わたしは、その女の先生が好きだったこともあり、国語の時間の小説をシナリオにする授業には凝りに凝った。

（二〇一五年十一月三十日）

喜美子先生の家へ

映画ばかり観ていた甲斐があった。もちろん、橋本忍も十分に意識した。ファーストシーンはジョン・フォード監督の「荒野の決闘」の模写であったし、ラストシーンは小林旭主演の「赤い夕陽の渡り鳥」の模写であった。とても国語の授業のシナリオではない。

ところが、そのシナリオを女の先生はとても褒めてくれたのである。人はだれかに褒められたくて生きている。わたしは国語の女の先生に褒められたかった。女の先生は、教室で生徒一人一人に「飛びたつ雁《かり》」のシナリオを返して、感想を述べていた。わたしの番になると「岡部さん、とってもよかよ。それもとってもとっても凄くよかとよ。あなた、才能あるとよ。それも凄くあるとよ」と褒めてくれた。教室中に拍手が起こった。シナリオには三重丸と花丸が鮮やかであった。わたしは有頂天になった。わたしは褒められると有頂天になるタイプである。その日が、脚本を書いて映画監督をすると決めた日である。

憧れの女の先生は浜野喜美子先生といった。その年、結婚をされて池田喜美子先生になられた。女はどうして名字が変わるのか。女の名前には、どうして子が多いのか。素朴な疑問である。

喜美子先生の名字が変わって一年が過ぎたころ、喜美子先生は出産で学校を休まれた。男の子が生まれたとのうわさが教室中を駆けめぐった。「先生の家ば訪ねてみたか」と同級生のだれかがいった。放課後の教室には好奇心だけは旺盛な思春期の連中が集まっていた。反対する者はいなかった。七、八人で海の見える峠を越えて喜美子先生の家へ向かった。海には白い波が押し寄せていた。「白馬が走りよる」とだれかがいった。松浦では、押し寄せる白い波を白馬が走ると表現した。好きな表現である。

昔、「元寇《げんこう》」があった海である。元軍は猛烈な台風に襲われて艦船の多くは海の藻屑《もくず》と消えた。海は元の鎧《よろい》武者の死骸で埋め尽くされて、その死臭で海の中の魚さえ死んだといわれるほどである。その死骸を馬で踏み付けて、島から島へ渡れたそうである。星鹿《ほしか》に残る千人塚は元軍兵士の死者を葬った塚であるといい伝えられている。

（二〇一五年十二月七日）

赤ん坊あやす先生

星鹿の逃げの浦には元寇《げんこう》防塁が残存している。血田《ちだ》という地名もある。星鹿半島城山は沿岸防衛の本陣的な役割を果たしていたそうである。

わたしたちは歌いながら歩いた。木下恵介監督の松竹映画「二十四の瞳」に、これとそっくりのシーンがある。喜美子先生が嫁がれた家は小高い丘の上にある古民家であった。喜美子先生はまだ寝込んでいた。横の布団には生まれたばかりの赤ん坊が寝ていた。真っ赤な顔であった。赤ん坊とはよくいったものである。喜美子先生は慌てて起き上がった。寝間着には小指ほどの血が付いていた。そして、姑《しゅうとめ》に「すみまっせん」と謝っていた。教室で見る喜美子先生の顔とは違っていた。嫁いだばかりの遠慮した嫁の顔であった。

人間は、あまり近づき過ぎると人間の良さも悪さも、見境がつかなくなるのかもしれない。喜美子先生の立ち居振る舞いから、そんなことを考えた。ぜんざいを振る舞われたが味はしなかった。お代わりをする同級生の無神経さに腹が立ってにらみつけた。この友人は少年自衛隊に入隊した。そして、赤ん坊をあやす喜美子先生と赤ん坊から、人間の不思議と神秘を感じていた。あの日、わたしは一歩大人になったのかもしれない。帰り道は遠かった。だれもが韋駄《いだ》天《てん》走りで家路をたどった。

卒業式の歌も最近は多彩であるそうだが、ある新聞に「思い出す卒業ソング」のアンケートが載った。一位はダントツで「仰げば尊し」である。明治時代から歌い継がれている曲である。卒業式では、京阪神に集団就職する友人も歌っていた。友人は学生服をダスターコートに包んで就職していった。テレビで見た、東北から上野駅に着いた集団就職の群れも同じスタイルであった。「金の卵」といった。もう、わが家にもテレビは来ていた。今年は集団就職列車が終了して四十年だそうである。

黒澤明監督の晩年の作品に「まあだだよ」がある。老教師と中年の教え子との物語である。あの映画でも「仰げば尊し」を歌っていたが、好きになれなかった。あの歌は恩師に直接に歌う歌ではない。歌われた恩師も涙などは流さずに「わたしは尊くなんかはない」とやんわり諭すべきではないのか。喜美子先生ならそうしたはずである。

(二〇一五年十二月二十一日)

老いて諦めを知る

映画「まあだだよ」にも時代と人間に決別した黒澤明がいた。老いとは残酷である。闘争心をなくして仏心が生まれる。スタッフも旧知のイエスマンだけを集める。老いは醜悪であるといってもいい。戦いを忘れた人は歌を忘れたカナリアよりも劣る。

「志　死ぬまで果たして　志」

もう七、八年も前の話である。猛暑の夏、クーラーもない稽古場で稽古をしての帰りの満員電車の中のことである。帽子をかぶったわたしは、汗を拭きながら吊り革に摑《つか》まっていた。前の席に座って、単行本を読んでいる女の人がいた。わたしは単行本を読んでいる女の人が好きである。「まだ日本も大丈夫だ」。なんだか頼もしくなる。

わたしには人をじっと見つめる悪い癖がある。観察しているわけでもない。ただ、じっと見つめる悪い癖である。頭は別のことを考えている。女の人はちらっとわたしを見ると、すっと席から立ち上がり「どうぞ」と席を譲ろうとした。よっぽど疲れた顔をしていたのだろうか。「いや、いいんです」。あれが席を譲られた初めての経験である。うれしくもあり、悲しくもあった。女の人は周囲を見回して「どうよ」と得意気な表情をしていた。ドヤ顔である。ああいった表情をする女優がいる。

別の電車では席が空いていたので座った。隣は女の人であった。一人、にやにやと笑いながらメールをしていた。どんなメールかは知らないが、あれは不気味な光景である。なんとなく女の人の方に目をやると、女の人はぎろっとわたしを睨《にら》んだ。「わたしのメールを覗《のぞ》かないで」。睨んだ目がそういっていた。「おまえのメールなんか覗きたくもない」といってやりたかった。が、いったらいったで「この人痴漢です」と訴えられても困る。確かに、痴漢と訴えられた人には冤罪《えんざい》の人もいるのかもしれない。ただ、同情はわたしよりは確実に女の人に集まるはずである。女は涙を武器にする。「あいつなら、やりかねん」。いまは両手で吊り革に使って摑まっている。

老いとは諦めを知ることかもしれない。老いは忍び寄る。老いはじわじわと忍び寄る。

（二〇一五年十二月二十八日）

一両編成と健さん

ある日突然に老いが襲う。わたしが老いを実感したのは、列車に飛び乗ることを諦めた日であった。階段の途中から、ドアが閉まって走り去る列車を見送った日である。「次を待とう」。その日までは、それこそ韋駄天《いだてん》のように駆け上がって、閉まりかけのドアを開いてでも飛び乗ったものである。次を待つのが老いである。

もっとも、わが松浦駅では列車を乗り越して次を待つと、次の列車は二時間はやって来ない。松浦鉄道は一両のディーゼルカーである。やはり、高倉健さんの北海道を舞台にした映画にも一両のディーゼルカーが活躍していた。

わたしは高倉健さんと映画をご一緒する機会に一度だけ恵まれた。大牟田《おおむた》が舞台の「ひとり旅」である。プロ野球で挫折した主人公が、大牟田の高校野球のコーチになる。主人公が下宿した木賃宿を切り盛りする女性がヒロインである。女性は夫を亡くし、高校で野球をしている一人息子がいる。ちょうど、炭鉱の争議の真っ最中である。町は揺れに揺れている。甲子園を目指して、厳しい練習に励むが地区大会の決勝戦で敗れる。主人公は駅から一人去っていく。そんな物語であった。

ただこれは、高倉健さんの日米の野球を題材にした映画がヒットしなかったとかで頓挫した。残念だったが、映画の企画にはこんなことはよくある。ザラである。しかし、健さんと木造の駅舎と一両のディーゼルカーは絵になる。「泣かぬ笑わぬ高倉健」である。

わたしが書いたテレビドラマ「精霊流し」でも、ヒロインの名取裕子さんはディーゼルカーで松浦を去っていった。「精霊流し」は昭和六十（一九八五）年に松浦市志佐町で撮影した東芝日曜劇場（ＴＢＳ系）のドラマである。あの時代のテレビ局は松浦にまでロケをする余裕があった。名取裕子さんは和子姉さんの実家で休憩を取っていた。薄暗い旧家である。名取裕子さんには、あの家の雰囲気がよく似合っていた。あの猛暑と人いきれは今もよく覚えている。案内人を務めた友人の吉本務さんは、今でもうっとりと名取裕子さんを語る。

あのころ、松浦鉄道を残そうという集会があり、集まる人は自家用車で集まるという滑稽な話を聞いた。

（二〇一六年一月十一日）

五島と倭寇と王直

人は悪口陰口は面白くおかしく話す。そして、だれがどんな悪口陰口をいったかは、すぐに本人に伝わる仕組みになっている。裏切り者は常にいる。あなたのそばにもいる。そして、裏切った人もすぐに裏切られる。「悪口陰口はいうよりいわれる人になれ」とわたしに説教したのは星鹿の祖母であった。次はぜひ松浦で映画のロケをしたい。

もし、映画「長崎の鐘」を撮影するとなれば、松浦と五島列島にはぜひ撮影に行かなければなるまい。永井隆も紙芝居を持って五島に渡っている。五島のカトリック教会の前にたたずむと体も心も引き締まる。開拓移民として離島へ渡ったキリシタンは、厳しい自然条件や貧しい生活に苦しめられた。その伝統はいわゆる「かくれキリシタン」によって、いまも大切に守られている。

五島で食う五島うどんはうまい。五島うどんは長崎空港でも食えるが、有り難味が少ない。やはり名物はその土地で食してこその名物である。大村寿司も大村で食うとうまい。

五島には六角井戸がある。倭寇《わこう》の頭目だった五峰王直《おおちょく》が、いっぺんに多くの人が井戸水をくめるようにと井戸を六角にしたそうである。平戸の王直井戸と同じである。王直は合理的な頭目であった。王直の縄張りは広い。五峰とは韓国の日月五峰図からきている。倭寇の大親分である王直は、自分にその名をつけたのである。松浦党とも交流があったらしい。五峰が五島になった。

大川橋蔵主演の東映映画「海賊八幡船」は倭寇を描いた映画であるとテレビのニュースで知って、わざわざ佐世保まで観に行ったが、単なる海洋ドラマであった。大川橋蔵も海賊にしては品がよ過ぎた。「こげん男は五島や平戸にはおらん」。なにせ江戸は大川（隅田川）橋の男である。五峰王直は若き日の丹波哲郎にならやれたかもしれない。

その時、わたしは一瞬の恋をした。どこかからの転校生であった。長い髪を垂らし、前髪を奇麗に切りそろえていた。セルロイドの西洋人形風の目鼻立ち、背の高い美少女であった。その美少女が無口ではにかむように微笑むと、男の生徒は沈黙してうつむいた。「ここはトロくしゃあ」。学校に慣れた頃、美少女がつぶやいた。意味はわからなかったが、なんとなく蕩《とろ》けるような感じの美少女には不釣り合いの言葉であった。

（二〇一六年一月十八日）

故郷が思い浮かぶ

ある日、美少女は予告なしに転校していった。空いた美少女の机には、すぐに転校して来たゴツい男が座った。ゴツいとトロいではえらい違いである。美少女の父は炭鉱マンであった。一瞬の恋。いま、どうしているのだろうか、どこかで結婚はしたのだろうか。したとすれば、もう立派な孫がいてもいい歳である。名前も顔すらも忘れた美少女のあれやこれやを推測する。女はリアリストである、過去は忘れて生きる。男はいつもロマンチストである、捨てられても過去を追う。後年、名古屋で「トロくしゃあ」の言葉を聞いた。「そっかあ。あの美少女は名古屋からの転校生だったのか」

いったん、朝は二時半に目覚める。それから、うつらうつらしながら、今日書かなければいけない題材の内容を構成する。あれを書かなければいけない、あの人を書こう。故郷の人や風景を思い浮かべながら、いつの間にか寝入っている。

朝は和食である。洋食にした時期もあったが、すぐに和食に戻った。ホテルや旅館でも和食である。午前中は座椅子に座り、テーブルに足を投げ出すというだらしない格好でテレビを観たり本を読んだり、考え事をする。

昼は軽食である。あんパン一つと牛乳があればいい。午後からは机に着くが、あれやこれやと、やはり故郷の人と風景を思い浮かべる。昔は原稿用紙に鉛筆で書いたものである。妻が研いだ四、五十本の鉛筆の山が、夕暮れにはすべて丸くなっていた。原稿は夜中にバイク便が取りに来ていた。いまはすべてメールである。メールになってから漢字を随分と忘れた。夕暮れ、集中力がぷつんと切れる。音を立てて切れる。その日の執筆が終了する瞬間である。締め切りが迫れば徹夜も辞さないが、通常はそんなものである。

それからチワワのナナしゃんを連れての散歩である。七月七日にわが家に来たからナナである。しゃんは五木寛之の「青春の門」の「織江の唄」から取った。（二〇一六年一月二十五日）

酒に酔い　人恋しく

「信ちゃん、信介しゃん、うちは一人になりました。明日は小倉の夜の蝶」。カラオケでこの歌を唄うとわたしはわけもなく泣ける。予告もなしに転校して行った美少女を思い出すからか。

わたしの家の向かいの山には日本民家園がある。まだ川崎市が景気がよかったころ、日本中の古民家を集めて集落をつくった。どの古民家も壮観である。囲炉裏《いろり》からはあちこちの地方の言葉や歌が聞こえてきそうである。

湯舟でも故郷の人と風景を想い、湯上がりはチワワのナナしゃんを膝に乗せて酒になる。芋焼酎のお湯割りである。酔いが回ると無性に人が恋しくなる。携帯電話になってからは便利になった。すぐに電話ができる。電話は癖になる。ただ、嫌いな人には電話はしない。好きな人だけである。同級生でもそうである。これといった話題もないわけだから、迷惑な電話である。なによりも迷惑しているのは和子姉さんかもしれない。家内も電話代が高過ぎると迷惑そうである。電話魔の同業者は多いと聞く。取材も含む電話である。一日中だれとも口も聞かず、一人黙々と物を書くしかないからである。これはメールになっても同じである。ただ、メールは誤解も生む。心情が伝わらない。

昨年、東京オリンピック時代の「姉しゃま」の想を練り、書いた。劇を書くには一年は優にかかる。いまは七月に公演予定の「晶子の乱―― 君死にたもうことなかれ」を書いている。「やは肌のあつき血汐《ちしお》にふれも見でさびしからずや道を説く君」。あの与謝野晶子である。

本の人物名をつけるのは難しい。俳優からもよく芸名を頼まれる。「おまえ、どこの生まれだっけ」「北区の十条です」「だったら北区十条でいいじゃないか」。その俳優は顔をこわばらせて「断固拒否します」といった。だったら頼まなければいい。洒落《しゃれ》のわからない奴だ。

女優からも頼まれる。「松浦志佐がいいよ」「なんですか、それ」「俺の故郷の松浦市志佐町だよ」。この女優は、女優を廃業して結婚した。わたしのチームの男優と結婚して、男優の故郷で暮らしている。日舞を教えたり、村祭りで踊ったりとそれなりに楽しい暮らしらしい。それはそれでいい。嫁の代わりはそうそうはいないかもしれないが、女優の代わりはいくらでもいる。

この前はわたしの舞台を観た帰りの飲み会で「カムバックしたい」と漏らしていた。「甘くみてはいけないよ。周りが承知するわけがないじゃないか」と諭した。その男優だった男には年老いた母親がいる。わたしはその母親に会っていた。チームの連中もそう簡単には承知はすまい。

（二〇一六年二月一日）

料金受取人払郵便

博多北局
承認

0215

差出有効期間
2020年 8 月31
日まで
（切手不要）

郵便はがき

812-8790

158

福岡市博多区
奈良屋町13番 4 号

海鳥社営業部 行

通信欄

通信用カード

このはがきを，小社への通信または小社刊行書のご注文にご利用下さい。今後，新刊などのご案内をさせていただきます。ご記入いただいた個人情報は，ご注文をいただいた書籍の発送，お支払いの確認などのご連絡及び小社の新刊案内をお送りするために利用し，その目的以外での利用はいたしません。

新刊案内を ［希望する　希望しない］

〒　　　　☎　（　　）

ご住所

ご氏名《フリガナ》

（　　　歳）

お買い上げの書店名	**韋駄天《いだてん》の記《き》**

関心をお持ちの分野

歴史，民俗，文学，教育，思想，旅行，自然，その他（　　　）

ご意見，ご感想

購入申込欄

小社出版物は，本状にて直接小社宛にご注文下さるか（郵便振替用紙同封の上直送いたします。送料無料），トーハン，日販，大阪屋栗田，または地方・小出版流通センターの取扱書ということで最寄りの書店にご注文下さい。
なお小社ホームページでもご注文できます。http://www.kaichosha-f.co.jp

書名		冊
書名		冊

男心をくすぐる人

結婚して子育てが終わってカムバックする女優もいる。やはり舞台は忘れられないものらしい。本の人物名をつけるのに「えいっ」と電話帳を広げて、鉛筆で指すという作家もいる。芸名をつけるのも難しい。

わたしの故郷の隣町に花村静子という美少女がいた。男子生徒の中で噂《うわさ》となり、隣町の中学校まで見物に行った。四、五人で行ったはずだが、隣町の中学校には十数人の男子生徒が待機していた。「引き揚げろ」である。「逃ぐるとか」と罵声が飛んだが、逃げたのではない、引き揚げたのである。屁《へ》理屈も理屈である。時代劇の映画でも悪役は「逃げろ」とはいわない。「覚えてろ」ともいうが、忘れるはずがない。隣町も炭鉱町であった。

昭和五十（一九七五）年に「倭人伝《わじんでん》」を書いて、六本木の俳優座劇場で上演することができた。俳優座劇場は新劇の聖地であった。わたしは「倭人伝」で、また松浦を振り返ったのである。「倭人伝」は昭和五十五年に新宿の紀伊國屋ホールでも上演している。紀伊國屋ホールは新劇の甲子園といわれるホールである。まだ二十代だったわたしは、紀伊國屋書店の四階のホールを見上げて「いずれ、ここで俺の本を上演する」と誓ったものである。ラッパズボンのジーパンにゴム草履履きであった。肩まで掛かる流行《はや》りの長髪である。まだ髪の毛が豊富にあった時代である。

「倭人伝」は漁師の若者と炭鉱の若者が、一人の女をめぐって対立する話である。女は炭鉱の若者のリーダー、悪の限りを尽くし三郎の妹である。尽くし三郎役は大竹まことが演じた。かんしゃく玉の鉄を風間杜夫、巡査の保造をきたろう、いまではそうそうたる連中である。容赦のない松浦弁、俳優たちは跳び、叫び、走った。大竹まことは足を骨折した。「倭人伝」でわたしは演劇界に認知されることになる。ラッキーだったといえる。

花村静子さんは新宿までよく芝居を観に来てくれる。「うち、結婚して横浜におるとよ」。わたしの中では旧姓の花村静子さんのままである。静子はなにかの本で使いたい名前である。もちろん、静かな女だが、激しく情熱的な女として書く。

このたび、生まれ故郷松浦市から「教育文化功労賞」を頂いた。あまり功労したつもりもないが、ありがたく頂いた。それを知った花村静子さんからすぐにメールがあった。「いまごろは上空かしら？　このたびは受賞おめでとうございます。人生の総括！　世の中への恩返しの年齢です。いいご褒美頂きましたね。気をつけて帰ってね」。幾つになっても男心をくすぐる人である。


清水へ祇園をよぎる桜月夜こよひ逢ふ人みなうつくしき　与謝野晶子

（二〇一六年二月八日）

女優とは優れた女

「どんな女優がお好みなのですか」と聞かれて困惑する時がある。女優はどんな女優も素晴らしい。優れた女が女優である。ただ、いま仕事をしている女優さんがなにより素晴らしい。有名無名は問わずにである。

スタイルがよく綺麗な女の人に「女優になればいいのに」という人がいる。そんなに簡単には女優にはなれない。プライドはいるが、プライドが邪魔をする。自尊心で固まっている女優は扱いづらい。かといってへらへらしているだけではいけない。情熱がありながら冷めていなければいけない。読解力もいる。知性と協調性も要求される。これらのすべてを備えてこその女優である。

入江《いりえ》杏子《きょうこ》という女優がいる。劇団民藝《みんげい》の女優である。入江杏子さんは昭和六十二（一九八七）年の「力道山」を経て、平成四（一九九二）年八月の「精霊流し」からわたしのチームに参加してくれている。博多生まれの入江さんにとっては、松浦弁はお手の物であった。アクセントもイントネーションもばっちりであった。ただ、時々「好《す》いとっと」といった博多弁が交じって駄目出しをした。この人は読解力といい、着物姿で身体を動かすしぐさといい、声のメリハリと色っぽさといい「精霊流し」のおばばそのものであった。がさつでありつつ、品があった。

入江杏子さんは作家檀一雄と愛人関係にあったそうである。「夕日と拳銃」の作家檀一雄である。遠回しに「だったんですか」と聞くと、次の日の稽古場の演出席に、セピア色に焼けた若い美人の白黒の写真が置いてあった。見入っていると、入江杏子さんが近づいて来て「わたしにもこんな時代があったのですよ」と呟《つぶや》いた。入江杏子さんは「火宅の人」の矢島恵子のモデルであるといわれている。

入江杏子さんの家に食事に呼ばれたことがある。小ぶりだが、立派な柱があった。「いい柱ですねえ」というと「檀が担いで持って来たんですよ」と事もなげにおっしゃった。この無防備さと無邪気さとおおらかさが、だれからも好かれる原因なのかもしれない。料理も上手《うま》い。

檀一雄の時世の句は「モガリ笛　幾夜もがらせ花二逢はん」である。入江杏子さんは「あれは檀がわたしに送ってくれた句なんです」と譲らなかった。こんな女優が好みである。明日は、入江の杏《あんず》っ子さんが杖《つえ》をついて、我が家に食事にいらっしゃる。

むねの清水あふれてつひに濁りけり君も罪の子我も罪の子　与謝野晶子

（二〇一六年二月二十二日）

地家者に誇りあり

松浦には地家者《じげもん》という言葉がある。生粋の土地の人間という意味である。江戸っ子も三代目からを江戸っ子というそうである。地家者にはそれなりの誇りがあるようだ。地家者は気付いてはいないかもしれないが、誇りは責任感を伴っている。同級生の吉本務さんもそうである。もう、松浦には家も墓もない人がいる。集団就職をした同級生もそうである。たまたま松浦に炭鉱があったから、親に連れられて来ただけである。しかし、少年時代を過ごした土地である。懐かしくなるのは当然である。だれもが吉本務さんに連絡をする。吉本務さんは嫌がらずに同級生を案内する、らしい。昔、同級生が住んでいた不老山炭鉱の長屋跡、同級生と泳いだ大浜の海水浴場、遠足に行った合戦原。昼食はラーメンだそうである。

松浦に名物はないが、「変竹林《へんちくりん》」のラーメンはうまい。松浦ならではの味である。少年時代に変竹林のラーメンの味を知った人は、生涯舌に残るらしい。平戸には飛び魚のラーメンがある。これも癖になるらしい。飛び魚はあごという。あごだしラーメンである。唐津や伊万里から車を飛ばして食べに行く人もいる。その人たちには、変竹林のラーメンと食べ比べをしてもらいたい。甲乙付け難いはずである。

地家者にはもう一人、石橋純子さんがいる。これも旧姓である。校長先生だった人の娘でよく勉強をしていた。なにも校長の娘だから勉強したのではなく、勉強が好きだったからである。このタイプはどこの学校にも一人はいる。学校の先生と結婚して、ずっと松浦で過ごしている。「そこに生まれて、そこに生きて、そこで死ぬ」。幸せはそこにある。

この人も、地家者としてよく同級生の面倒をみている。同級会の幹事は吉本務さんと石橋純子さんである。近頃の同級会にはよく人が集まる。人生が一段落したのである。京阪神からつえをついてやって来る人もいる。

高校の同級会はまだライバル意識が残っていて、会話も緊張する。笑いながら緊張している。「おいも社長までもなった男やっけん」。いわずもがなである。中学の同級生は素直にわたしを賛辞してくれる。「テレビ見たばい」「映画、ええやんか」。関西弁が交じっていることもある。苦労は若いうちにしたほうがいい。老いてからの苦労は疲れる。同級会も、やがては開催されない日が来る。

「妻をめとらば才たけて　顔《みめ》うるわしくなさけあり　友をえらばば書を読んで　六分《りくぶ》の俠気《きょうき》四分の熱」。与謝野晶子の夫、与謝野鉄幹の「人を恋ふる歌」である。鉄幹は「人間には左の五つの人気《じんき》がなければ駄目だ」といっている。勇気、剛気、俠気、労気、才気である。労気とは労働意欲か。与謝野晶子と鉄幹は大胆かつ奔放であった。「みだれ髪」である。

（二〇一六年二月二十九日）

人にも四つの季節

自然界に四季があるように、人にも四つの季節があるという。青春、朱夏《しゅか》、白秋、厳冬（玄冬）である。青春は字の如く踊るような青い春である。朝、目が覚めると自分の中に他人を感じるぐらいに一晩で成長している。人が、それぞれに自分の向き不向きを知るのが青春なのかもしれない。

わたしは数学が苦手だった。因数分解ができない。野球をやってはいたが、とても甲子園を目指す腕前ではないことはわかっていた。国語は好きだったし、歴史や作文も好きだった。国語の女の先生が好きだったせいもある。

人生は好きな先生や師匠に出会うか出会わないかで大きく変わるのかもしれない。すし店に弟子入りした人は主人の包丁さばきを見て学ぶそうである。味付けも舌で学ぶそうである。どの職人の世界でも同じようである。人柄を学ぶ。演劇界もそうである。

青春が過ぎると朱夏である。厳しく激しい暑い朱色の夏である。人は一人であることを朱夏に学び、精進しながらも傷つく。知らず知らず人にも傷をつけている。裏切りや裏切られがあり、闘争と挫折がある。にこにこと笑いながらしなければならない、難しい闘争と挫折と裏切りである。

そして、白秋となる。北原白秋の白秋である。一人、孤独に白湯《さゆ》を飲む季節である。諦めを知る季節といえるのかもしれない。いろいろな人との別離がある。

そして、厳冬を迎える。厳冬は最も厳しい季節である。諦めつつも、白秋までは生きるということを前提にして生きてきた。厳冬は死を考えて生きる。いつ、どこで死ねばいいのか。人に迷惑をかけずに死ねるのか。迷惑をかけずに死ぬにはどう死ねばいいのか。墓はどうするか。

ある演劇評論家がわたしに「これで演劇史に名前が残りますね」とお世辞をいった。歴史に名を残そうとして生きている人がいるのだろうか。生前に自分の銅像や肖像画を造る人の話も聞くが、そんなことでは歴史に名は残らない。「わたしはこれだけの男である」。人生の韋駄天《いだてん》走りもできなかった証拠である。

ただ、家に祖先の写真が飾ってあるのはいい風景である。それは、学校の校長室にもいえる。わたしの人生も、そろそろ厳冬へ入ろうとしているのかもしれない。男の平均寿命が八十歳になったそうである。

（二〇一六年三月七日）

懐かしくなる壱岐

健康寿命という言葉もある。男性の場合は七十歳だそうである。八十歳まで、人に迷惑をかけずに生きる自信がない。いまから女房子どもがわたしを叱る声が聞こえる。嫌だなあ。女の平均寿命は九十歳だそうである。それを知ってからの家内には、余裕が漂っているような気がしてならない。しかし、年寄りの冷や水と僻《ひが》みはいけない。男は死ぬまで半ズボン。

壱岐《いき》は懐かしくなる島である。壱岐の海には緊張感が漂っているようであった。隠岐《おき》の海にも緊張感が漂っている。国境が近い緊張感なのかもしれない。壱岐と隠岐は響きもよく似ている。岐は分岐点の意味もある。五島列島から壱岐まで、やはり長崎県は広い。

壱岐には、活発な旅館の女将《おかみ》さんがいた。平山旅館の女将である。筑豊から嫁いで来たらしい。車で壱岐空港まで迎えに来てくれて、猿岩やはらぼけ地蔵を案内してくれる。猿岩は海を眺めている猿によく似た岩である。ここで夕日をバックに家内と写真を撮った。はらぼけ地蔵は海女漁で有名な八幡浦海中に祀《まつ》られている六地蔵である。終生の苦患《くげん》を救う六体のお地蔵さんは満潮時には海に浸かる。はらぼけとは、おなかに穴が開いているの意味である。貫通はしていないから、満潮になってもお供え物は海に流されない。夜はご主人が潜って採って来たウニやアワビ、サザエのごちそうである。

この席で「元寇《げんこう》」に纏《まつ》わる話を聞いた。「義経＝ジンギス汗」説がある。源頼朝と争った義経が北へ逃れて大陸へ渡った。義経はジンギス汗（チンギスハン）となりモンゴル帝国を興し、孫のフビライに鎌倉幕府への復讐《ふくしゅう》を託したという説である。荒唐無稽ではあるが、興味はそそられた。

舞台劇「元寇」の公演で壱岐を訪れたのは平成九（一九九七）年十月のことである。壱岐では勝本文化センターと壱岐文化ホールでの二公演であった。壱岐から鎌倉芸術館まで二六ステージのキャラバン公演である。二公演ともすごいにぎわいであった。ただ、壱岐の文化には長崎というよりは福岡を感じた。「元寇」の主題歌「人恋し」はわたしが作詞して、さだまさしさんに作曲をしていただいた。壱岐は「イキ帰る」という。また、訪ねたいものである。

（二〇一六年三月十四日）

某地方新聞社の記者

わたしの古い友人に朝長昭生氏がいる。ご存じ、トモナガと読む。某地方新聞の記者であった。わたしを初めて新聞に取り上げた人である。東京支局に在職している時には、よく我が家を訪ねてみえた。東京支局は新橋にあった。新橋の居酒屋でもよく飲んだ。

脚本家の市川森一さんを紹介してくれたのもこの人であった。市川森一さんとは長崎のテレビ番組で対談をした。その対談のセッティングをしたのが朝長さんである。豪放磊落《ごうほうらいらく》な人で「グガハハハ」と大胆な笑いをしながら、目だけは繊細な人であった。そこは新聞記者である。

ある夜、わたしは東京・下北沢の行きつけのスナックで飲んでいた。演劇人や映画人が集まるスナック「紘子」である。その店に、我が家から電話があった。まだ、携帯電話がなかった時代である。すでに夜中である。「紘子」では朝の四時か五時まで飲むのはザラであった。家内は飲み屋にはよっぽどのことがなければ電話をしない。わたしが家の雰囲気を持ち込むことを嫌うからである。

「朝長さんがお見えになっています」。下北沢に来ることを促したが「一人ではないので、ご自宅で」といってきかない。しぶしぶ帰宅した。なんと、朝長さんは女性を同伴していたのである。新橋か銀座のネオンの雰囲気がある女性であった。

「この人を女優にすることはできませんか」と不躾《ぶしつけ》に相談を持ちかけられた。女優になるのは簡単である。本人が「今日からわたしは女優です」と宣言すれば、その日からその人は女優である。免許はいらない。ただ、自称である。女優になるのは難しい条件があることは前に書いた。

どうも、朝長さんはその人をわたしに預けることで、その人と離れたがっているのではないか。そんな予感がした。いい予感は外れるが、悪い予感は当たる。ま、これは悪い予感であった。その人も本気で女優になる気はなく、舞台や映画の本を書いている男がどんな男か興味を持っただけのことらしい。酒席になり、いかに女優が損な商売かを話題にしてお開きとなった。売れる人はひと握りである。どの世界も同じである。

朝長さんが長崎の本社に戻ることになり「いま下北沢で飲んでいます」と電話があった。慌てて駆けつけると、だれか偉い人の墓にお参りするとかで、すでに帰った後であった。どうにも自分本位の人である。常識外れといってもいい。もう、あんな新聞記者はいないのかもしれない。いても困るか。スナック「紘子」は、とっくにない。朝長さんとは、いまもいい交友関係にある。生涯の友となった。

（二〇一六年三月二十一日）

故郷で続く民話劇

青島小中学校の道越貴代美《みちごえきよみ》校長から電話があったのは、もうかれこれ十年前になる。「松浦の青島で講演をやってもらえないか」との依頼であった。それまでもあちこちの学校から呼ばれて講演をした経験はある。その経験からすれば、講演をした後にはどこか空しさが残っていた。「もっと、なにかできなかったのか」という空しさである。

「それなら民話ミュージカルをやりませんか」と提案した。幸い、道越先生はこの提案を取り上げてくれた。NBCも取材に入ってくれた。五月に青島に渡り、生徒や先生、保護者と面談をした。保護者の一人、谷川一寿さんは家でチームに朝食までご馳走《ちそう》してくれた。夜は刺し身と青島かまぼこの大皿である。

青島には「長者と河太郎」という民話がある。昔、青島は三つの島に分かれていたそうだ。海には河童《かっぱ》の河太郎一族がいた。長者は河太郎を落とし穴で生け捕る。「ああ、また人間に騙《だま》された。まったく人間という奴は」。長者は団子とキュウリを餌に、河太郎に三つの島に石で橋を架ける工事を頼む。工事は完成し、人間と河太郎も仲よくなる。河太郎の頭は疲れから倒れ、「七郎神社の見える丘にお墓を建てておくれ」といい残し、息を引き取る。長者は遺言通りに墓石を建て、ねんごろに弔った。

その墓石は、いまも松尾山の畔《ほとり》に残っており、青島の人は毎年七月十三日には団子やキュウリを供えてお礼をしているらしい。これを民話ミュージカルとして書いた。歌唱指導や振り付けは東京からプロに来てもらった。保護者も先生も生徒も一丸となって演じた。正月の我が家の集まりではいまだに青島は語り草である。

青島に同行してくれたのは市議会議員の友田吉泰《ともだよしやす》氏であった。友田さんとは松浦商工会議所青年部の講演で知り合った。二十歳の年の違いはあるが、よくわたしの考えを理解してくれている。次の年からの今福、養源《ようげん》、鷹島《たかしま》、調川《つきのかわ》、上志佐、志佐、御厨《みくりや》と松浦の各地域の小学校にも同行してくれた。継続することを決めたのは松尾紘《ひろし》教育長である。この例は全国にもない。こんなに行動力のある教育長も知らない。ミュージカルをやった生徒は声も姿勢もシャキッとする。自慢していい。その席にも友田さんはいた。昨年は星鹿《ほしか》小学校であった。韋駄天走りである。

当時、青島で民話劇を演じた小学六年生だった谷川一寿さんのご子息谷川千広くんが、今夏、わたしのチームに出演することが決まり、新宿の紀伊國屋ホールでデビューをする。二十歳になった。故郷松浦にも凱旋《がいせん》公演である。運のいい奴はいるものだ。「運も実力のうち」という。しかし、これからは「千広っ」とわたしに怒鳴られることになる。因縁を感じる。

（二〇一六年三月二十八日）

人生にまさかあり

いまは友田吉泰さんも県議会議員である。おとなしいが骨がある。「人生には、登り坂、下り坂、まさかの三つの坂がある」「ええ、まさかだけは予測ができません」。そんな話をして酒を酌み交わす。政治の話はまったくしない。わたしの松浦の後援会長でもある。佐賀県の生まれだそうだが、頷《うなず》ける。

わたしにもまさかはある。松浦で民話ミュージカルが継続しているのもまさかである。青島の民話ミュージカルが成功して、松尾紘教育長と友田さんとわたしの酒席で、松尾教育長が「継続しませんか」と提案された。よっぽど、わたしが寂しそうにしていたのかもしれない。友田さんも「おお」と膝を打った。

今福小学校から始めて、星鹿小学校が取り敢《あ》えずのトリと決まった。星鹿小学校をラストにしたのも松尾教育長らしい心配りであった。しかし、まだ完全燃焼していないらしく、心残りではある。「もう、ひと巡りしなければ」が本音である。「わたしは松浦生まれではありませんから」。松尾教育長も人生の寂しさを知る一人であった。

わたしは今福にも上志佐にもよく遊びに行った。隣町の調川《つきのかわ》には中学時代にはよく野球の試合に行った。ホームランを打った感触はまだこの手に残っている。青春時代の感触は生涯残るものらしい。「昨日のことは忘れたが、昔のことはよく覚えている」とだれもがいう。遊び回ったおかげで民話ミュージカルが書ける。ある時期、遊びほうけるのはいいのかもしれない。

「鬼平犯科帳」の鬼の長谷川平蔵も、若いころに遊びほうけた経験が盗賊を取り締まるのに役に立っている。表社会と裏社会、土地勘と人間関係である。政治は二つがあればいいという。国民を飢えさせないことと戦争をしないことである。遊びほうけたことのある政治家の話は面白い。飢えと喧嘩《けんか》を知っている。

わたしは、政治にまったく興味がなかった。父は「学校の先生か医者かお寺のお坊さんになれ」と口すっぱくいっていた。どの職業もわたしには向いていない。先生ならば、えこひいきをする先生になっている。わたしは好き嫌いが激しい。医者などはとんでもない。「酔いどれ天使」よりひどい飲んべえ医者になっていたはずである。お坊さんならば、お経も読めぬ生臭坊主である。自由業でよかった。

もっとも、自由ほど不自由なものはない。悠々と自由に泳いでいるように見える水鳥も、足の水かきはもがいている。朝昼晩、舞台や映画の本のことで頭はいっぱいである。隠居を考えながら次の作品を考えている。因果である。いま、政治には興味いっぱいである。決して、立候補するわけではない。

（二〇一六年四月九日）

映画一本に賭ける

もし、映画「長崎の鐘」がヒットしたら、次の映画は「東京ナインガールズ」を企画している。わたしは一本の映画がヒットしただけで、東京・成城に大邸宅を建てた人を知っている。賭けに勝ったのである。逆になにもかも失った人も知っている。

わたしは賭け事は嫌いである。パチンコも競馬もしない。マージャンもしなくなった。誘われるが、わざわざマージャンを打つためだけに新宿にまでも出掛ける時間がもったいない。負けたら自分がみっともない。気障《きざ》にいえば、人生に賭けるので精いっぱいである。「東京ナインガールズ」の製作意図はこうである。

昭和二十（一九四五）年八月十五日、日本は戦争に敗れた。その敗戦をきっかけに日本女性の社会的地位や意識や風俗は大きく様変わりをした。「婦人参政権」を手にした女性は、戦前の男の聖域とされた分野にも激しく進出したのである。

スポーツは戦後の廃虚と混乱の中で「平和」や「女性解放」の象徴として、女性に広く活躍の場を与えたのである。しかし、それはショーとしての要素も強く、「女子プロ野球」も世間の好奇の目に晒《さら》された。貧困と飢えの時代。「女子プロ野球」に応募してくる女性は、深窓の令嬢から戦争で夫を亡くした人や闇の女と幅広く時代を象徴していた。

この物語は昭和二十三年の女子プロ野球「東京ナインガールズ」結成から、昭和二十六年の解散までを九人の女の悲喜劇と激動の時代の人間関係を骨太に軽快な描写で描くものである。

昭和二十五、六年ごろ、わたしは女子プロ野球を佐世保で見ている。海の見える高台のグラウンドであった。海には軍艦や帆船がいっぱい浮かんでいた。「いつの時代に、どこで生まれて、なにを見てどう育ったか」。これで作家のテーマは決まる。女子プロ野球の選手の太股は大きかった。ぱんぱんに張った短パンのユニホームである。相手は青年商工会議所の人ではなかったか。西鉄ライオンズによく似たユニホームであった。あれもなにかを賭けての試合だったのか。

わたしが関係した映画に菅原文太主演の「ダイナマイトどんどん」がある。いろいろなアイデアを出したが、手柄はすべて岡本喜八監督のものである。それでいい。それが映画である。「東京ナインガールズ」はあの映画よりもはるかに面白いものにしたい。成立すればである。融資する人はいないものか。ヒットすれば儲《もう》かるのだが。

たかだか三億円か四億円である。映画人は、今日の昼飯代に事欠いた人でも、平気で四億、五億の話をする。撮影所は夢工場ともいう。あちらにもこちらにも、夢追い人がわんさと歩いている。

（二〇一六年四月十六日）

賑わったおくんち

長崎市にも友人はいる。演劇を通じての友人である。一人が川下裕司氏である。「長崎の鐘」の長崎市公演を企画して動いているころに知り合った。彼は文学座の養成所を卒業して長崎市に帰って来ている。養成所で同期の奥さまは横浜生まれだそうである。長崎と横浜。裕次郎が歌いそうな関係である。二人で劇団をやったり、長崎市の文化活動に励んだりしている。地味に継続するのが文化活動である。

川下さんは長崎空港まで迎えに来てくれて、稲佐山や永井隆記念館、大浦天主堂を案内してくれる。どこも訪れるたびに新鮮である。夜は銅座で酒を酌み交わす。長崎市には東京にはないつまみがある。例えば、鯨の刺し身や鯨の白身である。鯨の白身は白みそのぬた和えで食うがいい。少年時代、松浦市志佐町のおくんちで食った味である。

昔のおくんちは華やかだった。松浦駅の駅前にはイチョウの古木があって、いつも風にざわついていた。その横の広場にサーカスがやって来た。オートバイの曲乗りがバイクから落ちたのには驚いた。乗る時から気が散っていた。なにかあった顔であった。バナナのたたき売りや茶わん売り、綿菓子やラムネ。家にもご馳走《ちそう》があった。煮しめ、茶わん蒸し、押し寿司。小遣いは五十円だった。

長崎市の諏訪神社のおくんちはどこか厳かである。「もってこうい」の掛け声で手拭いをばら撒《ま》く。あの手拭いは使う気がせずに、いまも神棚に飾ってある。神棚には志佐のおくんちの淀姫神社の破魔矢も飾ってある。暮れと新年にお参りする深大寺の神社のお札も飾ってあるから、我が家の神棚は大賑わいである。神様はどの神様も嫉妬深いというから、もしかしたら嫉妬し合っているのかもしれない。

川下さんには映画「長崎の鐘」の取材でもお世話になった。長崎市の劇団の人にはエキゾチックな美人も多い。長崎市の人は海の向こうの人を「あちゃさん」と親しみを込めていう。砂糖やちゃんぽんをもたらしたのもあちゃさんだという。なにか集まりがあると、中華街の店に飾ってあるようなチャイナドレスで参加する女の人もいる。ぞくっとする。

くろ髪の千すじの髪のみだれ髪　かつおもひみだれおもいみだるる　与謝野晶子

（二〇一六年四月二十三日）

核なき世　願う友人

もう一人、長崎市の友人に井原東洋一《いはらとよかず》さんがいる。市議会議員であったが、昨年勇退されたそうである。昭和十一（一九三六）年三月生まれの八十歳である。老いとは、譲ることである。

「東洋一は世界一」といわれた時代に生まれた。

東洋一さんは、原爆の恐ろしさと愚かさが地球の果てまで伝わるようにと、毎月九日午前十一時二分、長崎市の平和公園にある「長崎の鐘」を、平和を願う被爆者の人たちと鳴らす。この鐘は被爆者や動員学徒の遺族の寄付金で建立された。わたしとの付き合いは舞台劇「長崎の鐘」の長崎公演がきっかけではなかったか。二人で奄美大島に遊びに行ったり、我が家に泊まってもらったりの付き合いになった。

長崎市の夜は銅座で飲む。酒房「あまみ」で飲んでからである。ここの女将《おかみ》さんがわたしと同級生であると知ってからは、長崎に滞在する夜は頻繁に通う。酒はもちろん、黒糖焼酎である。ロックでぐいぐいと飲む。東洋一さんもそうである。ここでも政治の話はまったくしない。「軍艦島をテーマに本を書きたい」と話すと、軍艦島へ渡る準備をしてくれたが、嵐で海が荒れていて渡れなかった。いまは軍艦島もすっかり観光地になり、本にする必要もなくなった。題名は「要求せず」である。

長崎市のお盆の日に、名士の子が多い幼稚園の園児をバスジャックした犯人のグループが、精霊船で軍艦島へ渡る。幼稚園児は軍艦島で畑を耕したり、魚を釣ったりの生活をする。「なにを要求するのか」の警察の問いに、犯人は「要求せず」と答える。犯人のグループが逮捕されると幼稚園児は「この人たちは悪くない」とかばう。犯人のグループと警官隊の四、五人は軍艦島の同級生であった。

こんな内容だった。軍艦島の過去がクローズアップされるという話である。松浦市のお盆は新盆の各家がわらでちっちゃな精霊船を作り、キュウリやナスを詰めて海へ流す。その精霊船が闇の海のかなたへ消えていく風景は「精霊流し」で書いた。

長崎市の精霊流しは派手である。爆竹や花火、町から港へ向かう巨大な精霊船の群れ。壮観である。東洋一さんは母のカノさんが四十八歳と遅くなってから生まれた子どもだったため、周りからは「日暮らし子」と呼ばれたらしい。「日暮らし子」とは、夜更けになって生まれた子。遅れて生まれた子の意味らしい。東洋一さんは兄さんとは七つ違いで生まれている。

被爆者の高齢化がいわれる。東洋一さんにはいつまでも元気で「核なき世界」を語ってもらいたい。亡くなった東洋一さんの奥さまも和子さんであった。東洋一さんはどんな精霊を流しているのだろうか。

わざわいかとおときことか知らねども　われは心を野晒《のざら》しにする　与謝野晶子

（二〇一六年五月二十一日）

友人知人　平戸にも

松浦に滞在しても、松浦でじっとしている時間は少ない。定宿は鶴屋旅館である。気儘《きまま》に泊まれる。女将《おかみ》とも気が合うが、遠い親戚にもなるらしい。もっとも、松浦で昔を辿《たど》ると、だれもかれも遠い親戚になるのかもしれない。松浦のわたしの親戚に嫁いだ人が、中学時代の恩師の娘さんだったりする。親戚の祝いの席で恩師と同席すると妙な気分である。

鶴屋旅館の夕飯はチームの連中にも評判がいい。なんせ、松浦のアジとサバの刺し身である。それに天ぷらとウナギ。女将さんはわたしの好みも知っていて、朝飯にはスボかまぼこや飛び魚の干物を付けてくれる。

朝食を食べると、すぐに同級生の吉本務さんに連絡をする。わたしは車の免許は持っていない。なんの免許もない。人生の免許もあるのかないのか疑わしい。吉本さんは車を運転して、晴れていれば、まず星鹿《ほしか》半島城山のてっぺんへ連れて行ってくれる。「平戸にするや、伊万里にするや」である。

平戸にも友人知人は多くいる。東船具店の東義治さんもその一人である。なぜかわたしとは気が合う。やはり人間の寂しさを知っている人である。東船具店はわたし好みの古民家風である。二階で奥さまの淹れた紅茶をいただいた。品のいい奥さまらしく、品のいい紅茶の味であった。津川雅彦さんもこの家の紅茶は召し上がったはずである。東さんのご一家は、松浦のわたしの演劇の公演も観に来てくれる。一家総出である。東船具店で買い求めた船の舵《かじ》とブイはいまも我が家に飾ってある。

もう、三十余年も前の夏の盛りの話である。わたしと次男坊の源紀《げんき》で、平戸の海上ホテルに一週間ばかり滞在したことがある。なにかの取材を兼ねての滞在だった。源紀とは、源から出直せの意味で命名した。

源紀の手を引いて蟬時雨《せみ》の海岸べりを散歩していると、軽トラが止まり、運転をしていた女の人が「岡部さんじゃなかですか」と声を掛けてくれた。伊万里高校の同級生だった人であった。平戸の山本海産物店に嫁いでいるという。その夜はご主人の山本岩利《やまもといわとし》さんと同級生だった八重子さん、東義治さんとの初めての飲み会であった。

八重子さんは伊万里《いまり》市の生まれである。まだ橋も架かっていない時代に平戸市まで嫁いで来ていたのである。ドラマである。岩利さんにそれほどの魅力があったのはわかる。情があり、面倒見のいい人である。

「肥前はいっちょ」という言葉がある。長崎県から佐賀県をまたいで肥前の国は広い。だが「いざとなれば肥前の人の心はひとつになる」という意味である。元寇《げんこう》の文永、弘安の役がそうであった。

（二〇一六年五月二十八日）

映画求め伊万里へ

わたしの青春時代には、まだ松浦には高校がなかった。大雑把《おおざっぱ》にふたつの選択肢があった。平戸の猶興館《ゆうこうかん》高校か伊万里の伊万里高校である。商家の子どもは伊万里商業高校へ、農家の子どもは伊万里農林高校へ入学した。親の職業で高校を決める、まだそんな時代だった。

わたしは佐賀県立伊万里高校を志望した。県境を越えての越境入学である。松浦には猶興館閥が根強くあった。その派閥へ加わるのが、なんとなく嫌だった。好きな同級生が伊万里高校へ進むという情報も入っていた。永田克子さんである。

いまも、わたしの書斎の机の上の引き出しには、高校時代にわたしの実家の裏山で撮った克子さんと二人の写真がしまってある。わたしはセーターにジーパン、高下駄で丸坊主である。克子さんも私服のセーターとスカートである。

なによりもわたしが伊万里高校を志望した原因は映画である。伊万里には映画館が五館もあった。国際、銀映、太陽、東映や大映である。いま、電話で伊万里高校の同級生松浦慶次さんに確認したから間違いない。松浦さんは中学の校長を勤め上げて、いまは伊万里で悠々自適である。

日活映画から東映映画、大映に東宝、新東宝の映画を上映していた。「用心棒」「にあんちゃん」「野火」「キューポラのある街」「切腹」。「座頭市」「悪名」「駅前」のシリーズ物。洋画専門の映画館もあった。「黒いオルフェ」「太陽がいっぱい」。中学時代から汽車に乗って伊万里に映画を観に通っていた。映画ばかり観ていた。どの映画もわたしに強い影響を与えてくれた。

平戸には、まだ橋が架かっていなくて、連絡船であった。交通の便が悪く、映画館もそうはなかったはずである。

松浦駅から汽車に乗り、県境のトンネルを越えて、佐賀県の浦ノ崎を過ぎると心が躍った。自由である。親も親戚も、補導の先生も伊万里の映画館までは流石《さすが》にうろうろはしてはいなかった。

あの路線は潜龍《せんりゅう》線といった。あの時代の中学生の流行は帽子のつばを短く切り、かみそりでずたずたに引き裂き、ローソクを垂らす。その帽子をかぶり、ズボンは細く縫った手製のマンボズボンであった。「潜龍線の奴らは悪かった」。いまでも、伊万里の同級生はいう。すまん、悪かった。

東京では、日劇でウエスタンカーニバルが始まっていた。ロカビリー旋風である。ファンはマンボズボンの歌手の名を絶叫し、ステージの歌手の首に抱きついて失神した。失神したファンの女の人も、いまはいいおばあちゃんになっているはずである。そして、お茶の間でテレビを見ながら「いまの若い人は」と嘆いているはずである。繰り返すのが歴史である。

（二〇一六年六月四日）

陶芸　青春の地から

「ダイアナ」「君はわが運命《さだめ》」「クレイジー・ラブ」。わたしと同世代の人なら、にやりとするはずである。ロカビリーは、ロックンロールとウエスタンのヒルビリーの合成語であるらしい。わたしはジェリー藤尾が歌う「遠くへ行きたい」が好きだった。なんだか、わたしのこれからの韋駄天ぶりを暗示するような歌であった。

小説『人間の條件』が刊行され、映画やテレビになり、日活映画「太陽の季節」が封切られた。「もはや戦後ではない」が流行語となり、皇太子妃に美智子さまが選ばれたことが発表された。「ミッチーブーム」が起こり、皇室の民主化が唱えられた。

わたしが伊万里で陶芸をやるようになったのは平成八（一九九六）年の佐賀炎の博覧会からである。伊万里市から陶芸をするように依頼された。伊万里市ゆかりの文化人に頼んでいるそうである。もちろん、二つ返事で引き受けた。伊万里は青春の地である。いまでも路地を歩くと、好きだった人がセーラー服でひょいと飛び出して来る錯覚に陥る。

伊万里の駅舎もすっかり新しくなってしまった。わたしは昔の木造りの伊万里駅が好きである。明治や大正、昭和初期の映画の撮影がやれる雰囲気があった。わたしの好きな映画「故郷は緑なりき」にも昔の伊万里駅にそっくりの駅舎が登場する。しかし、それはそこから離れた人の感傷であって、そこで生きている人には迷惑な話である。

陶芸は大川内山の虎仙窯《こせん》から始まった。師匠は川副秀樹《かわぞえひでき》さんである。大川内山の風景は異郷の山水画を思わせる風景である。陶芸をしているとウグイスが鳴いたりする。三時には女将《おかみ》さんがお茶とたくあんを運んでくれる。このお茶とたくあんがうまかった。大皿に歌舞伎役者の絵を描いた。絵を描くのは少年時代から好きだった。その大皿はいまも我が家に飾ってある。人にもあげたが、どうしたか。

伊万里市の担当は吉原和子さんであった。この人も和子である。虎仙窯が忙しくなり、吉原和子さんの仲立ちで渚窯へ移ることになった。渚窯は伊万里の外れの山あいにあった。師匠は高木和安さんである。渚窯では本格的に龍や鬼を作った。龍はおくんちの龍踊《じゃおどり》の龍である。鬼も赤鬼と青鬼を対で作った。このふたつも我が家の玄関に飾ってある。

高木師匠とは、いまでは夜の伊万里を飲み歩く仲である。高木師匠は「陶芸の腕はよかですよ」とわたしを褒めてくれる。おだて上手である。しかし、その夜の酒はうまい。

（二〇一六年六月十一日）

黒澤明監督の微笑

佐賀県伊万里《いまり》市が「黒澤明記念館」を設立しようとしたことがある。黒澤明監督が「乱」のロケハンで唐津から伊万里の海を眺めて、夕日を褒めたことがあるらしい。それが記念館設立の理由らしかった。吉原和子さんも設立に奔走されたようであったが、頓挫《とんざ》した。わたしは関係者に「慎重になさったら」と意見を具申したが、聞き入れてはもらえなかった。不徳の致すところである。「やっかんでいる」と取られたのかもしれない。親父《おやじ》は親父、息子は息子。

黒澤明監督には東宝の撮影所でお会いしたことがある。確か「ダイナマイトどんどん」の編集を東宝撮影所で手伝っていた夜である。わたしの映画の師匠は岡本喜八監督である。黒澤明監督は「乱」の撮影中ではなかったか。あの独特の帽子をかぶった長身の黒澤明監督が、身をかがめてベンツに乗ろうとしていた。わたしと目が合うと、サングラスの黒澤明監督は微笑んだ。それだけのことである。黒澤明はなかなかの役者ぶりであった。しかし、わたしにとってはこの上もない喜びであった。「七人の侍」を観た少年時代から憧れの映画監督であった。

　我が家は小田急線の向ケ丘遊園駅にある。成城の東宝撮影所はすぐそこである。東宝撮影所にはいろいろな映画の撮影で通った。どの映画会社のマークよりも東宝映画のマークは輝いていた。東宝は映画監督が映画を撮っているというイメージがあった。日活も東映もスターの映画というイメージであった。それがとんでもない勘違いであると知るのは、映画を繰り返し観ることができるようになったからである。

　わたしも映画館に足を運ばなくなった。昔は、新宿や渋谷まで映画を観に足を運ぶことをいとわなかった。いまは「どうせ、すぐＤＶＤになるさ」である。時代が便利になると、怠け者が多くなる。ただ、やはり映画はスクリーンで観なければいけない。

　黒澤明監督のすごさはシネマスコープの隅々まで目を配ったすごさである。「用心棒」のけんかの場面でも、やくざの群れの隅っこの役者までがすごい芝居をしている。「黒澤作品に出られれば群衆の一人でもいい」とわたしにいったのは俳優の佐藤允《さとうまこと》さんであった。允さんは岡本喜八監督の「独立愚連隊西へ」で主役を張った人である。わたしはこの映画を伊万里で観た。允さんが佐賀の神埼生まれと知って親近感を持った。

　岡本喜八監督に「映画監督になりたい」と手紙を書いたのは昭和三十八（一九六三）年、高校二年の春であった。住所は親戚の女の人が読んでいた芸能雑誌「平凡」で知った。丁寧に丁寧に何回も清書した。ラブレターでもあんなには清書はしない。

（二〇一六年六月十八日）

岡本監督への手紙

「映画監督になりたい」との手紙は黒澤明監督に書きたかった。だが、黒澤明監督は手紙に目を通さないのではないかと危惧した。もう「天国と地獄」の撮影に入っていたのではないか。

その頃、デビューしたばかりの岡本喜八監督の「独立愚連隊西へ」を伊万里の映画館で観た。この映画館では新東宝映画「明治天皇と日露大戦争」も観た。初めて天皇を実名のまま登場させ、明治、大正生まれの観客に感動を与えた映画である。鞍馬天狗の嵐寛寿郎《あらしかんじゆうろう》が明治天皇を演じていて、奇妙な気もした。観客の中には紋付きはかまの人もいた。岡本喜八監督は軽快にテンポよく戦争映画を描いた。まるで西部劇であった。

「この監督なら返事をくれるかもしれない」。手紙には書きたい脚本の粗筋も書いた。題名は「ヒーローがやって来ない街」であった。石炭ブームで炭鉱のある街には無頼漢が集まる。四つも五つもの組が派手な大立ち回りを演じる。ただ、椿三十郎みたいなヒーローはやって来ない。石油によって石炭ブームが去り、寂れた街からは無頼漢が去っていく。街は昔の貧しい街に戻る。そんなストーリーだった。

高校二年の春に出した手紙の返事が夏に返って来た。伊万里で映画を観て我が家に帰ると、座り机の上に手紙が置いてあった。裏を返すと岡本喜八と独特の字があった。驚いた。諦めかけていた夏の盛りであった。手紙には「映画は斜陽で東宝では助監督は二年に一人、それも東大を卒業した人しか取らない。諦められたし」といった内容であった。諦めろといわれて諦めるわたしではなかった。その日から岡本喜八宅を訪ねることばかり考えていた。

わたしは岡本喜八監督の代表作は「日本のいちばん長い日」であると確信している。「脚本が大げさなんだよ」と岡本喜八監督は嘆いていた。しかし、あの日だけは大げさでいい。この映画の脚本も橋本忍である。

大学進学は東京に行く口実であった。勉強には手が付かず、映画ばかり観ていた。親も諦めた節がある。家族で夕食を取っていると、突然親父《おやじ》が「この家には泥棒がおる」といった。母はわたしを睨《にら》んでいた。掛けてある親父の背広のポケットの財布から百円札を盗んで、映画ばかり観ていたのはわたしである。「おまえ、今日も映画ば観に行ったじゃろが」。どうしてわかったのか。松浦の映画館の前の自転車置き場に我が家のボロ自転車が置いてあったそうである。あんなボロ自転車は我が家にしかなかった。

（二〇一六年六月二十五日）

映画には思想あり

近頃は、スケジュールを調整してでも、関東の松浦会によく出席させていただく。長崎県人会にも出席させていただくが、松浦の人は隅っこにいる。やはり長崎県人会の中心は長崎市の

岡本喜八監督宅にお邪魔して

人のようである。これはひがみである。

ただ、中村法道知事はわたしのことを覚えてくださり「映画、進んでますか」と声を掛けてくれる。知事には長崎県庁で一度、プロデューサーとご挨拶をしただけである。「『長崎の鐘』を長崎で撮影するかもしれませんのでご協力を」という挨拶である。もちろん、金銭的な協力を要請したわけではない。具体化すれば、そんな要請もあるかもしれないが、まずは精神的な支えがほしかった。知事は「いい企画ですね」とはいったが「やれ」とはいわなかった。政治家は責任は負わない返答をするという。それはそうだ。長崎で映画を撮る企画はいっぱいあるそうである。その日のことを覚えてくれているだけでも光栄である。

長崎県人会で知り合ったのが、志佐中学や伊万里《いまり》高校の二つ上の先輩吉田公人《よしだきみひと》氏である。我が家にも友人を連れて尋ねていらした。その友人は九十二歳の方である。陸軍の特攻隊に関係していたと話をしてくれた。そして、自分の体験談を映画にできないかとおっしゃった。

わたしは舞台劇で「知覧にて」を書いている。家内の故郷が鹿児島の陸軍特攻基地があった知覧である。もう、かれこれ四十余年は知覧に通っている。知覧なでしこ隊という特攻隊を送った女学生だった人が家内の親戚にいる。その人はもちろん、友人の方のお宅までおじゃまして写真を見せていただいたり、お話を伺ったりした。映画にできないことはないが、その方の条件は「永遠の０」みたいな映画にということである。似たような映画を作っても意味がない。それがネックである。映画には、どんな娯楽映画でも思想がある。そこに映画監督は懸けている。

「知覧にて」の内容は、若い日に知覧に兵隊で行っていた西の果ての老人が、いまも頻繁に知覧を訪ねている。息子夫婦の新婚旅行も知覧にしろという。そして、自分も同道するという。知覧に行った息子夫婦は驚いた。父親の愛人が割烹《かっぽう》料理屋をやっていて、父はそこに泊まっていたのである。知覧はねぷた祭りで賑《にぎ》わっていた。矢櫃《やびつ》橋のたもとの矢櫃庵という庵に一人で住んでいる老婦人が、若い兵隊の写真を見せて、この人を探してくれという。特攻の途中にエンジンのトラブルがあり、島に不時着した写真の人は西の果てにいるという。

（二〇一六年七月二日）

脚本家　タフさ必要

「西の果てに帰って、父と子は探し回るがどこにもそんな人はいない。嵐の日、無人島にたどり着いた二人は、老人に会う。その人が探す人であった。知覧に連れていくが、老婦人はすでに亡くなっていた。知覧はねぷた祭りの最中であった」といった内容である。これならば映画にできると考えている。うまくいけば、である。

わたしは三十数本の脚本をボツにされた脚本家を知っている。名脚本家である。脚本家もベテランの脚本家になればなるほど嫌われる。文句はいうし、書くのは遅いし、ギャラは高い。これは脚本家の世界だけのことではない。

テレビドラマ「相棒」の脚本家とご一緒したことがある。津川雅彦さんの会「深美会」である。津川さんは歴史家や大学の先生を講師にして会をつくっている。テーマは主に日本の歴史の裏側である。「坂本龍馬を殺したのは中岡慎太郎だったのか」といったテーマである。そこに「相棒」の脚本家や監督、スタッフも出席なさっていた。わたしはスタッフに杉下右京の行きつけの居酒屋「花の里」のカウンターの花瓶が、いつも変わっているのがいいと褒めた。スタッフの人は「そこまで観ていてくれる人がいて嬉《うれ》しい。あれには凝ってるんです」と喜んでいた。「相棒」の脚本家はまだ若い。「さっきまでホテルに缶詰になっていました」といった。若い頃、わたしもよくホテルに缶詰になった。ただし、わたしの場合はすぐにホテルを抜け出して、お茶の水や新宿に飲みに出掛けていたので評判は悪かった。監督は人柄の悪いのが多いが、脚本家は人柄がいい。いろいろな人の意見を取り入れつつ、自己主張をした本を書く。その脚本がボツになっても、決してめげない。いや、めげたそぶりを人には見せない。タフでなければ脚本家にはなれないのである。といって、「相棒」の脚本をだれが書いたか知る人は少ない。関係者の中でも、ひと握りの人しか知らない。

「知覧にて」の脚本ならば書ける。ただ、脚本を書いても映画になるかどうかは別問題である。映画化には大金がかかる。ああでもないこうでもないとやっているうちに、その企画そのものに飽きがくる。映画が撮れたとしても上映できずにお蔵入りする場合もある。やはり、タフでなくては生きていけないのである。

「相棒」のシナリオは一本だけは書きたい。杉下右京に恨みのある犯罪者が、右京にそっくり

津川雅彦氏とカラオケ

の整形をして罪を犯す。指紋までがそっくりである。右京の生い立ちや住所までも探り当てる。ただ、犯罪者には弱点があった。右京の母の声を知らなかったのである。右京は母から英語で子守歌を聞かされていたといった粗筋であるが、どうだろうか。

（二〇一六年七月九日）

大きい石の顔捜す

中学時代に「大きい石の顔」という短編を授業で習った。これも池田喜美子先生の国語の授業だった。池田先生ばかりで恐縮ではあるが、先生はそういった授業を好まれた。外国の短編小説だった。粗筋はこうである。

ある田舎に働き者の少年がいた。少年は一日働きづめに働くと、岩に座って疲れを癒やす。その少年の向かいには大きい岸壁がある。その岸壁が夕日を浴びると大きい人間の顔になる。その顔は荘厳で慈悲にあふれている。少年はその大きい石の顔の人に会いたくて旅をする。偉い政治家や大金持ちの商人、有名な芸術家に会う。しかし、どの顔も大きい石の顔ではない。旅を続ける少年は大人になり、中年になり、老人となって生まれ故郷へ帰って来る。老人となった少年は岩に座り、夕日を浴びる岸壁の大きい石の顔につぶやく。「ああ、大きい石の顔はとうとういなかったなあ」。老人となった少年に夕日が差す。その夕日を浴びる老人の顔は大きい石の顔にそっくりであった。

こんな粗筋である。人に求めるな、自分の中にこそ求めろ、といっているのかもしれない。わたしは職業柄よく旅をする。夕暮れ、海を眺めている茶褐色の肌色の老人に出会うと「大きい石の顔」を思い出す。老人が明日は雨だといえば雨である。明日は晴れるといえば晴れである。その魚村の漁師は天気予報よりも老人の知識と経験を信じる。そんな老人が昔はどの村にもいた。

映画「七人の侍」でも野武士に苦しむ農民が集まって相談をする。結論は「じさまに相談すべえ」である。農民は村外れのじさまに相談する。「やるべし」である。「じさま、どうやるだ」「腹の減った侍を雇うだ」。それで決まる。老婦人は子守をしながら、村の伝説を語る。伝説には真実が籠っている。「あの土地には家を建てちゃなんねえ」。沼地を埋め立てた土地であったり、大雨になると崖が崩れたりする土地である。そうやって村社会は形成されていた。これが村を守る知恵であった。

わたしはあっちつっかえこっちつっかえと、韋駄天のように走り回る人生であった。大きい石の顔を仰ぐ老人のような人生はなかった。そして、韋駄天《いだてん》走りの旅の途中、大きい石の顔のような人に巡り合えなかったのは老人と同じである。大きい石の顔とは堅気を貫いた人の顔である。

（二〇一六年七月十六日）

名作には名脚本家

テレビや映画といった映像を主に活躍の場にしている俳優は、舞台俳優に対して「よく毎日同じ台詞で稽古をして飽きないものだ」という。映像は瞬間芸といえる。撮影現場で一回か二回のテストをすると、本番のカメラが回る。監督やカメラ、スタッフによって位置関係からングかアップかまで決められている。コンテである。俳優はそれを察知して動かなければならない。監督がオーケーといえば撮り直しはない。俳優が納得いかなくてもそうである。ある監督が「俺には鋏《はさみ》がある」とうそぶいた。つまり、編集でどうにでもなるといった意味である。「あのシーンだけはカットにはならないだろう」。それほど迫真の演技をしたつもりでも、簡単にカットをされている。

舞台の稽古は一カ月はある。だいたい昼の一時から夕方の五時までである。人間の集中力は四、五時間が限度らしい。稽古が終了すると近くの居酒屋へ寄る。雑談から始まるが、酒が入ると演劇論になる。ベテランの俳優が若い俳優に駄目だしをしたりする。自分ができてない鬱《うっ》憤《ぷん》を若手にぶつけるのである。「人のことはいいから」とわたしが中に入ってなだめる。

台詞が入り動きが決まり始めると、だれも飲みに誘わなくなる。稽古が終了するとそそくさと帰る。わたしを避ける。「稽古場であれまでいわれて、なにも飲み屋までも」である。自分に集中したいからである。ベテランも若手に苦言を呈する余裕がなくなる。ベテランほど台詞覚えが悪い。稽古場で迷惑を掛けるのはベテランの方になる。演出家はそうなることはわかっている。舞台の稽古の味を知った映像の俳優は舞台劇の虜《とりこ》となる。「また、舞台がやりたいです。ぜひ誘ってください」といって打ち上げが終わる。簡単にいっちゃって、である。

舞台の書き手は、稽古場での俳優の動きを見ながら「この人には次はどんな役を書けばいいのか。これで、もうこの俳優には書かなくてもいいか」。もう、そんなことを考えている。劇作家と俳優にも相性がある。映画でも名監督といわれる人の作品には相性のいい俳優が出演している。一家ともいわれるチームである。黒澤明監督に三船敏郎、深作欣二《ふかさくきんじ》監督に菅原文太、ジョン・フォード監督にジョン・ウェイン。

不幸なことに、ある日チームが崩れる。監督にも俳優にも不幸である。「俺があってこそ」。互いにそう考え始めるのかもしれない。作品にもマンネリを感じ始めるのかもしれない。新しい人と新しいことをやってみたい。しかし、観客は往年の名作と比較して不満を感じる。「七人の侍」や「用心棒」「仁義なき戦い」。どの作品にも名脚本家がいたことを忘れてはならない。

（二〇一六年七月二十三日）

友情保つ秘訣あり

生涯、相性のいい人はいないのかもしれない。夫婦や親子もどこかで仲たがいをする。それをうまく治めて生きる人もいる。それを教養というのかもしれない。なにも、高学歴の人が教養があるとは限らないのである。わたしは、これも祖母から教わったような気がする。

友情を保つにはふたつの秘訣があるという。ひとつは、利害関係がないことである。どんな些細《ささい》な貸し借りも友情には弊害が生じるという。利害関係は主従の関係ともなる。付かず離れずの関係が友情を継続させるこつらしい。もうひとつの秘訣は、同じ女の人を好きにならないことである。遠い昔、青春時代の友情の話である。ある男が、友人に好きな女の人への恋文を託した。ところが、恋文を託された友人が、その女の人と仲がよくなった。友情どころの騒ぎではない。いざとなると友情は脆《もろ》いものなのである。やはり、君子の交わりがいいらしい。

わたしにも経験がある。ある友人を信頼していた。わたしはその人にプライベートなことはもちろん、他の友人のことを話した。褒《ほ》めたり貶《けな》したりである。ところが、その人はわたしの話のすべてを、その友人にしゃべっていたのである。言葉は誤解を生む。ある種の愛情を持って「あいつはさあ」といったとしても、言葉だけでこういっていたと伝わると、愛情が憎しみだけの「あいつはさあ」になっていたりする。心情が通じてない。それで友情は破滅である。

言い訳はすればするほど誤解を招く。わたしにぺらぺらと人の悪口をいったり、告げ口をしたりする人がいる。みにくい顔になっている。聞きながら「この人は違う人には、俺のこともこんな風にしゃべっているのか」と考えてしまう。

「悪口陰口はいうよりいわれる人になれ」といったのは祖母である。星鹿《ほしか》の祖母の旅籠《はたご》には県の偉い人から行商人までもが泊まった。祖母はどの人にも対応を変えなかった。そして、どの人のお膳にも酢の物の小鉢をひとつ付けた。「こいはあなただけですけん」。どの時代も人は「あなただけよ」に弱い。祖母は「あなただけよ」を駆使して生きた。行商人はたばこのしんせいをピースの箱に移し変えていた。あれはなんだったのだろうか。祖母も、よっぽどひどい悪口をいわれた覚えがあるのかもしれない。

（二〇一六年七月三十日）

火鉢囲んで同じ話

親友が裏切り者であったり、娘が親を裏切ったりする。そして、あいつは敵だ、ひどい奴だと勘違いしていた人が、救う神であったりする。これらの経験は戯曲や脚本の人間関係を書くには役に立つ。ギリシャ悲劇から時代劇、現代劇までテーマはそれである。利権をもたらしてくれる人がいい人とは限らない。裏がある。今日も新聞をにぎわせている問題がそれである。祖母の旅籠《はたご》には大木を切り抜いた大きな古い火鉢があった。旅籠に泊まった人はこの火鉢で暖を取っていた。夏の火の気のない火鉢の周辺は涼しかった。昔の家は風通しがよかった。それだけプライバシーにも欠けていることになる。奥まで見通しがいいのである。その火鉢には、祖母の幼なじみもよく座っていた。まだ、もらい風呂の習慣があった。祖母の幼なじみは祖母の旅籠に風呂に入りに来ていたのである。

二人がしゃべる星鹿の言葉はまったくわからなかった。祖母の幼なじみは山下のおばばといった。よくサツマイモをふかしたのをお茶菓子にしてお茶を飲んでいた。話題も毎晩決まっていた。毎晩、同じ話をして飽きないのである。そこにいない人が悪口の餌になる。あそこの家の嫁は金遣いがだらしない。あそこの家の舅《しゅうと》は嫁を甘やかしている。そのたぐいである。

わたしも酔うと毎晩、家内には同じ話をするようである。故郷へ帰りたい、墓はどこにするか。聞き飽きている家内は作り笑いをしてうなずくだけである。それが不満で文句をいう。毎晩がこの繰り返しである。

風呂上りの祖母は黒い膏薬《こうやく》を肩に貼っていた。その姿には色気を感じた。また、時折お歯黒もしていた。お歯黒といっても若い人にはわからないかもしれない。古い映画を観ると、お歯黒を塗った老婦人が登場したりする。

祖母は箪笥《たんす》から手のひらに乗るような、ちっちゃなみっつの猿を取り出してわたしに語った。「ミザル、イワザル、キカザル」。わたしは見なければいけない、いわなければいけない、聞かなければいけない職業を選んでしまった。祖母の忠告は避けたのである。祖母は、朝な夕なにわたしを横に座らせて仏壇を拝んだ。この躾《しつけ》だけはいまも守っていて、わたしは朝な夕なに仏壇を拝む。もうひとつ「オモワザル」という猿がいたのを知らなかった。

（二〇一六年八月六日）

力関係　逆転した日

我が家の仏壇には、先祖代々の位牌《いはい》と父と母の位牌もある。祖母の旅籠《はたご》の仏壇は、あの世へ通じているようで怖かった。「ソボ、シス」の電報は東京の四畳半の下宿で受け取った。まだ、演劇を修業している最中で帰る旅費がなかった。布団をかぶって一人で泣いた。

よく通夜の席や葬式でいない人の悪口をいう人がいるが、あれはいる人よりはいない人の方が辛いのではないか。父も隠岐の島の祖父の葬式にも、祖母の葬式にも帰らなかった。昼から座敷に布団を敷き、祖父からもらった尺八を枕元に置いて布団をかぶっていた。帰る時間も旅費ももったいなかったはずである。まだ、そんな時代であった。父の心中、察するに余りある。

父と子の力関係が逆転する日がある。わたしの場合、その日は早かった。中学時代である。わたしは仲間と田んぼで相撲を取っていた。役所からの帰り道の父が、笑いながら田んぼへやって来た。そして、腕まくりをして「ちったあ強うなったとか」とからかうようにいった。わたしは本気で相撲を取る気になった。友人の行司が「はっけよい」と声を掛けると、すぐに四つに組んで父のベルトを取ると外掛けを決めた。父は油断してなめていた。父は宙に一回転して背中から落ちた。あの日がわたしと父の力関係が逆転した日であった。あの日から、なんとなく他人行儀の関係になってしまった。

父とは、二人で映画を観に行った経験が一度だけある。加山雄三が主演の「大学の若大将」である。父は、この映画ならば安全と考えたのかもしれない。

加山雄三は銀座にあった老舗のすき焼き屋の、なんの不自由もない一人息子である。ウクレレで歌を歌い、働いているのか遊んでいるのかわからないようなアルバイトを河口湖かなんかでしている。けんかも強い。なにかあると大学の水泳部の仲間に店の肉を持ち出して豪快におごる。父は商業学校出の職人気質である。加山雄三を応援するおばあちゃんから「おまえは商業学校出だから」といつも怒られている。父の有島一郎も「商業学校出のどこがいけないのですか」とむきになって突っ掛かる。そうだ、あの店をあそこまでにしたのは父の才覚である。どこが悪い。

映画を観ての帰り道、「おいも大学で水泳部に入ろうかな」とさりげなくいうと、父は寂しそうに笑っていた。映画を観せたことを後悔した笑いであった。

中学時代、西部劇を観た友人がいった。「なあ、神が無神論者とは知らんじゃったばい」。なるほど、神を信じないのが神か。西部劇の悪党のせりふにならあるのかもしれない。

（二〇一六年八月二十日）

青春は照れくさい

松浦を離れる日、わたしは母に伴われて星鹿《ほしか》の祖母に別離の挨拶をしに行った。祖母は正装の和服で待っていてくれた。「悪か仲間にだけは入らんごとおし」といって、輪ゴムで束ねた百円札の束をくれた。祖母が日頃からこつこつと貯《た》めていた百円札の束であった。わたしは礼もいわず、その束をポケットに捻《ね》じ込んだ。照れくさかったのである。

なんにでも照れるのが青春時代である。帰り際には、祖母は玄関の外に出てわたしと母を見送った。「おばあちゃんの見送りよらすよ。振り返らんね」と母が促した。わたしは振り返らなかった。照れくさかったのである。なぜ、あの時振り返らなかったのだろうか。いまでも後悔している。前へ進むことで気持ちがいっぱいだったのかもしれない。そして、飛び込んだ演劇界は悪い仲間だらけであった。

佐世保からは列車で東京へ向かった。「西海号《さいかいごう》」である。佐世保までは友人が見送ってくれた。佐世保の港が見える丘に登って友人と歌を歌った。「遠き別れに耐えかねて……」。小林旭の、というか島崎藤村の「惜別の歌」がはやっていた。この歌と「北上夜曲」は、いまでも宴席やカラオケで歌う。祖母からはすぐに手紙が来た。それにも「ドウカ、ワルイナカマニダケハ……」と書いてあった。片仮名だけの手紙であった。

岡本喜八監督の自宅を訪ねた夜が忘れられない。玄関のブザーを押すと、サングラスをした本人がドアを開けた。「手紙を差し上げた岡部耕大です」というと、覚えていてくれて「おお、上がれ」といってくれた。居間の白黒テレビでは巨人対阪神戦をやっていた。「顔が青いな」「はい。緊張してまして」。照れくさかった。十七歳であった。その日から岡本喜八監督宅を訪ねることだけが喜びとなった。

いろいろなアルバイトをした。主に肉体労働であったが、エトセトラである。いつも物思いにふけっていた。韋駄天走りであった。ロシアの劇作家アントン・チェーホフが「わたしの大学」といっている。「社会がわたしの大学であった」。確かに、人間を学ぶには実社会が大学なのかもしれない。底辺の実社会を学んだ人は人間学を知っている。わたしも少年時代に漁村や炭鉱で人間を学び、青年時代にはアルバイトで人間を学んだ。そのすべてが劇作術の役に立っている。松本清張ほどではないが。

（二〇一六年八月二十七日）

世界の三船に会う

わたしも学園紛争ばかりの大学に学ぶつもりはなかった。いまも演劇志望の若い人はいろいろなアルバイトをやっているらしい。親の仕送りで演劇の勉強をしている人もいる。時代である。「悪い仲間にだけは」との親の願いもあるのかもしれない。しかし、若い日に汚れて働くことを知るのも重要である。わたしは腰痛が持病である。青春時代に痛めた腰である。

昭和三十九（一九六四）年、わたしは佐世保から「西海号《さいかいごう》」で東京へたった。関門海峡を越える夜汽車の窓に映るわたしの顔はなんとなく切な気であった。東京オリンピックの年である。五機のジェット機が空に描く五輪のマークは東京で見た。

岡本喜八監督宅には大学とアルバイトの暇を見つけてはよく遊びに行った。脚本家と岡本喜八監督の映画の打ち合わせを聞くのが楽しかった。アイデアに困ると「岡部くん、どう思うかね」とわたしにまで意見を求めた。映画監督とは貪欲なものである。岡本喜八監督のわたしへの口癖は「めしは食ったか」であった。いま、わたしも、我が家を訪ねる若い人にはそう質問をする。人生は順繰りなのである。順送りといった方がいいか。

監督宅ではいろいろな人に出会った。ひとつの作品が完成すると庭でパーティーである。わたしはパーティー会場のロケ地や岡本家の庭の隅っこで、よくおでんを作らされた。なんのことはない、材料をぶっこんで火加減を見ていればいいのである。

三船敏郎さんに会ったのには驚いた。「七人の侍」や「用心棒」の、あの三船敏郎である。三船さんは周囲の人に「あの人だれ」とわたしのことを聞いていた。スタッフでもキャストでもないわたしを訝《いぶか》しがるのは当然である。そして、三船さんはわたしに近づくと「岡部くん、頑張れよ」とおっしゃった。映画とそっくりの声であった。心臓がパンクした。世界の三船敏郎がわたしの名前を覚えてくれたのである。

次のパーティーでも、三船さんは「あの人だれ」とわたしのことを聞いていた。わたしはスターの気配りと気まぐれさを知った。そうでなくてはスターは務まらない。まだ、わたしは小林旭さんには会えていない。もう、会わない方がいいのかな。でも、もし色紙にサインを頂けるならば、仏間の赤木圭一郎の「抜き射《う》ちの竜」のポスターの横に飾りたいものだ。

（二〇一六年九月三日）

「簡単だ」と演劇へ

わたしの人生は人に恵まれた人生であるといっていい。ここぞという時に救いの神のような人が現れる。「映画監督は諦めろ」と岡本喜八監督からいわれた日から、わたしはなんとなく荒れた生活をしていた。仲間の「人生は、どうせ死ぬまでの暇潰し」といった言葉に同調したりした。大学も行ったり行かなかったりであった。学園紛争も激しくなっていた。故郷とも音信不通であった。後に知ったことであるが、父はテレビであさま山荘事件を知り、犯人の中にわたしの顔を捜していたそうである。わたしは学園紛争をするタイプではないことは父は承知していたはずである。

そのころ知り合ったガールフレンドが、わたしのあまりの荒《すさ》み方に「そんなに荒れてばかりいないで、演劇でも観ればいいじゃない」といって、六本木の俳優座劇場のチケットをくれた。俳優座公演の「髭《ひげ》の生えた制服」である。主役は東野英治郎であった。この人は黒澤明の作品や「キューポラのある街」で知っていた。これが新劇を知るきっかけとなったのである。舞台を観ながら「これは簡単だ」と考えた。

映画のロケは二、三百人のエキストラは平気で動かす。撮影に夢中になっている岡本喜八監督は昼食の時間になっても休憩をしなかった。たまりかねた助監督が「監督、昼飯の時間です」というと「えっ、俺まだ腹減ってないよ」といって撮影を続行した。まったく、監督とは貪欲なものである。

舞台は十人か十一人の俳優だけである。セットも簡素化されている。素人が「これは簡単だ」と考えるのもむべなるかな。演劇の奥の深さを知るのは後年である。「そうか、演劇という手もあるな」。その年に三畳間の下宿で書いたのが「トンテントン」である。二十歳であった。「テアトロを読んだら」。わたしが演劇に興味を持っているのを知った舞台好きの友人が薦めてくれたのが、演劇総合雑誌「テアトロ」である。その広告で劇団三十人会が養成所の第一期生を募集していた。これが演劇を始めるきっかけであった。「激動」といわれた時代である。小劇場が次々に誕生した。騒乱罪という物騒な言葉を知った。二十五歳で劇団を結成した。それが劇団「空間演技」である。この劇団は今日まで継続している。

（二〇一六年九月十日）

劇団を始めた七〇年

わたしが劇団を結成したのは昭和四十五（一九七〇）年である。劇団三十人会の四十人くらいの養成所を卒業して、劇団三十人会への入団を二、三人が許された。

新宿にはぼうぼうの髪で汚れた奇抜な格好をしたヒッピーが屯《たむろ》していた。社会に背を背けた若者をフーテンとかヒッピーといった。「昭和元禄」の豊かさに甘えていただけだったのかもしれない。わたしも長髪にラッパズボンのジーパンで新宿を歩いた。まだ、髪の毛が豊富にあった時代である。ただ、どの群れにも属さなかった。すでに、群れることの怖さとむなしさを知っていた。格好よくいえば離れ猿である。

十月十一日、国際反戦デーの日、新宿駅騒乱事件があった。新宿駅東口に集まった一万五千人のデモ隊は駅の鉄壁と看板を倒し、線路やホームに乱入し、列車ダイヤをまひさせた。当時、下宿をしていた渋谷区初台の古い家まで、線路沿いに歩いて帰ったことを覚えている。

新宿ではアングラの唐十郎《からじゅうろう》氏一派が赤テントを張って人気を博していた。「あんなものは観るな」と言い放ったのが劇団三十人会の主宰者の一人であった。わたしはこの言葉に強い反発を覚えた。見てはいけないものなどあるはずはない。良しあしは見てから決めればいい。なにからも目を背けてはいけない。

劇団「空間演技」結成の頃

この人は東北の出身で、東北弁で本を書いていた。それはそれでいいのだが、わたしの松浦なまりを「そんななまりは日本にはない」と罵倒した。「肥前松浦にはあるとです」とヒロシみたいな反発をすると「それは悪かった」と謝ってはいたが、これが決定的であった。

昭和四十五（一九七〇）年は日本万国博覧会が開催された。閣議は国名の呼び方を「ニッポン」にすることに決めた。日航機よど号乗っ取り事件があり「ディスカバー・ジャパン」の示すレジャー・ブームが太平の世をうたった。この年、三島由紀夫割腹事件も起こっている。

そして、わたしはたった二人の劇団「空間演技」を結成するのである。もう一人の近藤茂夫は早々に演劇界を去った。しかし、ここぞという時に救いの神のような人が現れる。風間杜夫や大竹まことと出会ったのがこの頃である。いまの家内と知り合ったのもこの頃である。どの人も救いの神であった。

（二〇一六年九月十七日）

舞台で若者を描く

わたしが、今日まで劇作家を継続できたのは、仲間や劇団があったからだといえる。最低、年に一本は新作を書かなければいけない。仲間も劇団も若い人、それも若い男の俳優が中心になっていたから、おのずから内容もそれに伴う内容となる。

「倭人伝《わじんでん》」は松浦の漁師の若者と炭鉱の若者との、一人の娘を巡っての抗争であるとはすでに書いた。とても評判がよく、評判を聞き付けた演劇評論家や観客で六本木の俳優座劇場は満席であった。ある演劇評論家は「これは日本版のウエストサイド物語である」と指摘した。指摘されて「なるほど、鋭い評論家もいるものだ」と感じ入った。

わたしが「ウエストサイド物語」を観たのは佐賀県立伊万里高校二年の時であったはずである。空からニューヨークを撮ったファーストシーンから圧倒された。歌も踊りもストーリーも新鮮であった。あれは「ロミオとジュリエット」が下敷きにされていると知らされて納得した。

後年、この高校時代の話は「風の墓」という舞台で書いた。「わが夢の眠るがごとく風の墓」である。昭和三十七（一九六二）年の夏、肥前松浦に年老いたお遍路さんが現れる。主人公の剣道部兵頭一兵は、お遍路さんに母の手作りの弁当を振る舞ったり、文学や蝶々を語ったりする。

蝶を採集しに南方へ渡るお坊さん。一兵の好きな読書好きの女子高生。その女子高生が好きになる一橋大学の一兵の先輩。関西へ行くという愚連《ぐれん》隊は一兵にパーティー券を売り付ける。この二人の日本刀による決闘などがあり、一兵の母が、お父さんが課長に昇進したと駆けつける。その一兵の母にお遍路さんは三好達治の詩を口ずさむ。「ただ一つの喪服の蝶が、松の林を駆け抜けて、ひらりひらりと海へ出ていった」。二人はかつては同人誌サークルの仲間であった。一兵の母は大きく両手を広げたお遍路さんへ近づこうとするが、走り去る。トランジスタラジオからは「悲しき少年兵」が流れている。一兵はお遍路さんに「ま、自由、愛、平等、平和、友情……こういうとばひっくるめて民主主義というとじゃろなあ」と説く。お遍路さんはにこにこと笑いながら「それぞれがそれぞれの人生で主役」という。お遍路さんの人生には、そんなものはなかった。「夢であいましょう」が流れる。
また「風の墓」をやらなければいけないと決めている。

（二〇一六年九月二十四日）

推敲重ねた亜也子

わたしが今日まで劇作家であり続けられたのは、劇団「空間演技」を結成したことに起因がある。年に一回は新作を書かなければならない。劇団を結成した時代は前衛劇がはやっていた。不条理劇である。脈絡などはいらない。俳優も役名などはなく、男Ⅰとか女Aとかである。ある俳優が「やはり役名が欲しいのが役者です」とつぶやいた。

わたしははやりに逆らうように方言で戯曲を書いた。これは戦略であったと言っていい。芝居が終わり、帰路に就く観客は「なんば言いよるとか」とか「ぐらぐらすんのう」といった舞台の方言のまねをしていた。「やったな」と喝采をした瞬間である。わたしは東映映画の「仁義なき戦い」の終了後に、肩を怒らせて広島弁で帰路に就く観客を知っていた。「最後じゃから、いうとっちゃるがのう。狙われる奴より狙う奴の方が強いんど」。

それからは「松浦物」といわれるシリーズを書き殴った。青年座や文学座、俳優座といった大手の劇団からも執筆依頼があった。青年座の「亜也子」は一年もかけて書いた。火鉢に炭が入っていた季節から、火鉢に炭を入れる季節に書き上げた。青年座は青年ばかりではなかった。

昔の青年から、いまの青年まで人材は豊富であった。幾度も読み直して、鉛筆で推敲《すいこう》を重ねた原稿用紙は、手あかでぼろぼろになっていた。

「亜也子」にはひとつ決めていたことがある。それは「海」という言葉を使わないということである。海がない肥前松浦の物語である。海とは母である。副題は「母の桜は散らない桜」であった。庭には千年桜といわれる桜の古木がある。これがなにを象徴するかは、おわかりいただけるはずである。

「亜也子」の新劇系の全国での上演回数はトップだそうで、まだ抜かれていないらしい。劇団の執筆料は安い。とても一年の生活が成り立つ額ではない。一カ月も成り立つかどうか。しかし、人生は面白くできている。映画の脚本を書いていたが、その作品がビデオになって振り込みがあった。なんとか一年をしのげる振り込みであった。テレビのシナリオも書いていた。それで「亜也子」が書けたのである。上演時間四時間一〇分、東京公演はカットなしが条件であった。

俳優座には女の松浦四部作を書いた。ふゆという女を主人公に春夏秋冬を書いたのである。家と戦後と嫁と舅《しゅうと》、小姑《こじゅうと》。これにも星鹿の祖母がどこかにいた。そんなこんなとやりながら劇団「空間演技」を維持して今日に至っている。幾多の人が来りて去った。

「亜也子」は「亜細亜の子也」の意味である。「亜也子」はわたしの四十代のテーマであった。テーマも年代によって違ってくる。まだ昭和であった。いまのテーマは二・二六事件とその時代の七人の女である。「阿部定事件」があった年である。題名は「追憶── 七人の女詐欺師」である。

（二〇一六年十月一日）

嘘を見破る文化人

もう、かれこれ二十数年前のことである。当時の松浦市長からわたしに会いたいとの連絡があった。わたしは下北沢の本多劇場で公演をしていた。確か「風の墓」の公演ではなかったか。市長とは本多劇場のロビーで会った。山口洋平市長は開口一番「松浦市に文化ホールを造りたい」とおっしゃった。すでに設計図もできていた。「あなたのために造るごたるもんですたい」ともおっしゃった。

その設計図を見ていささか驚いた。収容人数が二千人のホールである。「市長、これは四年に一回の選挙用のホールです。あなたのためのホールですたい」と忌憚《きたん》なく述べると、苦笑いをしていた。わたしは「紀伊國屋ホールや本多劇場のような収容人数は五〇〇人ぐらいがいい」と率直に述べた。人口二万三千人の松浦市には中ホールが似合うと考えた。

それからは松浦と行ったり来たりであった。大衆演劇の沢竜二から「あなたの故郷はひどかった。電気もなかった」といわれて悔しい思いをした松浦市に、演劇中心の中ホールができるのである。嬉しくてたまらなかった。そして、日本中に誇れるホールが完成したのである。

ただ、駅裏に造るというのが気にはなった。駅裏といえば不良の高校生が喧嘩《けんか》をしたり、たばこを吸ったりしているイメージがあった。わたしは市役所の横に造ることを強く主張したが

「どうにもならない」とのことであった。本多劇場の本多一夫社長も松浦までお連れした。ただ、泊まりは平戸のホテルであった。だれもが平戸に泊まりたがった。いまは佐世保のハウステンボスである。

山口洋平市長は「ひとつだけ条件があります」とおっしゃった。それは「いままで書いているような松浦ではなく、華やかな松浦を書いてくれ」ということであった。「華やかな松浦といわれてもなあ」である。そこでぴんときたのが「松浦党」である。松浦党は源平合戦にも参加した水軍である。それが「異聞・源平盛衰記　風と牙」である。

わたしは松浦吾妻姫という文武に秀でた美貌の松浦党の姫を主人公に置いた。もちろん、実在はしない。この美貌の姫を巡って、源頼朝と源義経がいさかいを起こすのである。頼朝は義経を追って松浦までも攻めて来るが、吾妻姫をあがめる玄界灘の龍にやられる。

嘘をドラマという。好きな作品である。嘘は嘘と知ってても、だまされる嘘がある。だまされた人も悪い。

文化人という言葉がある。みずから「わたしは文化人ですから」と名乗る人もいる。昔はベレー帽をかぶり、パイプをふかしていた。あるいはピー缶を持っていた。服はロシアの民族服である。ルバシカである。あんな文化人はいない。文化人もどきである。すぐばれる嘘をつく文化人もどきである。その嘘とポーズを見破るのを真の文化人という。なにもベレー帽はいらない。

（二〇一六年十月八日）

民話音楽劇を継続

松浦市に完成したホールを「ゆめホール」と命名したのはわたしではない。わたしには恥ずかしくてこんな気障《きざ》ったらしい命名はできない。ただ、「ゆめホール」はぴったりの命名ではないか。それほどに夢が詰まったホールである。松浦を訪れる文化人や演劇関係者もその出来の素晴らしさには目を見張るらしい。

平成十九（二〇〇七）年に松浦市の青島から講演依頼があったことはすでに書いた。そこでわたしは民話ミュージカルを提案したのである。それが「長者と河太郎」である。その企画は継続して平成二十年には今福小学校の「丹後の人柱」、これには今福のお寺のご住職も出演なされた。平成二十一年は養源《ようげん》小学校の「福島みっつの物語」。養源小学校と福島小学校は統廃合されて福島養源小学校となったらしい。養源の名は残った。

平成二十二年は鷹島《たかしま》小学校の「元寇《げんこう》と対馬小太郎」。対馬を望む対馬小太郎の墓で撮った写真と、黒曜石の記念写真はいまも我が家に飾ってある。そして、調川《つきのかわ》小学校の「浮立《ふりゅう》の里」。あの浮立の調べは忘れられない。上志佐小学校は「笛吹童子」であった。子どもの頃に観た東映映画「笛吹童子」と上志佐の伝説をだぶらせた。志佐小学校は、もちろん「徐福《じょふく》と不老山《ふろうさん》」。児童たちの群舞も忘れられない。御厨《みくりや》小学校は「むらさき色の雨」。観客はだれもが泣いていた。

青島は間に合わなかったが、今福からは「ゆめホール」で民話ミュージカルを上演することができている。本格的な音響と照明、スタッフも東京からわたしのチームが来てくれる。夏休みには各校の先生方が、セットとなるそれぞれの土地の遠景を書く作業をやってくれている。その遠景がゆめホールに飾られた時には、やはり感動的である。

子どもたちも高校を卒業すると松浦を離れる人もいるだろう。松浦市の成人式はゆめホールだそうである。その時に「ここでミュージカルをやったよね」「あの怖い自分勝手な先生はどうしとらすとやろか」「入院しとらすらしか」「いや、死なしたらしか」といった会話をしてもらえれば幸いである。

昨年は星鹿《ほしか》小学校で「石童丸」をやった。星鹿城山に伝わる父と子の哀れな伝説である。これで星鹿城山の「石童丸伝説」がクローズアップされれば、こんな嬉しいことはない。

いまの松浦市長は友広郁洋《ともひろいくひろ》氏である。わたしとは二つ違いの幼なじみである。友広市長は市役所でわたしの叔父、勝山祝賀二郎《かつやましゅかじろう》の部下であったといっていた。祝賀二郎叔父はなにかの祝賀の日に生まれたのかもしれない。叔父についてはいずれ語る日がある。

友広市長は「年に一回はあなたの作品を松浦市でやりますけん」と口約束をしてくれた。いまもこの口約束は守られている。今年は「晶子の乱―― 君死にたもうことなかれ」を上演する。人は、なによりも守らなければいけないのが口約束である。ただし、男と女の口約束はわからないが。

（二〇一六年十月十五日）

故郷は遠くになる

年寄りはけちっぽくなるのかもしれない。わたしも若い頃は週刊誌を毎週五、六誌は買っていた。読むとはなく読んで、読み飛ばすのである。いまは新聞の見出しや電車の中づりで内容がだいたいわかる。読むとすれば、月に一度、定期健診で訪れる病院の待合室である。

病院は平気で人を待たせる。三、四時間はざらに待たせる。映画や演劇で客を三十分か一時間待たせれば、客は怒って帰ってしまう。病院だけは別世界なのである。それだけ丁寧に診察している証しとも言える。そこで週刊誌の束を読む。だいたい、テレビのワイドショーで知っていることばかりである。

看護師から名前を呼ばれて注射器で血を抜かれる。「ちくっとしますよ」が看護師の口癖である。どんなかわいい看護師でも、ちくっとするのは嫌だ。尿を取ったりもする。これも、看護師が笑いながら「少量でいいですから」という。「わかっている。年寄り扱いするな」である。それから、また待たされる。やっと主治医の診察となって「大丈夫ですね」といわれると、ほっとして食欲がでる。

家内と二人で、スーパーへ寄って夕食のおかずを買い求めて帰宅する。ほとんど外食はしなくなった。食べ歩くのが面倒くさくなった。わざわざ店屋まで食べに行き、周りに緊張して食うよりは、家でカップ麺を食べる方がいい。なにもかもが面倒くさくなる。

そのうち、生きているのも面倒くさくなるのかもしれない。それはわたしばかりかというとそうでもないらしい。電話で友人と「会おうよ」と約束しようとするが「ま、そのうちに」で電話を切っている。テレビで、亡くなった人に友人がコメントをしている。「こんなことなら、あの時会っていればよかった」。

わたしは生まれ故郷松浦に帰る時だけがそわそわとしている。もう父も母も亡くし、墓すらもないが、それは、あの日に帰れるからである。

博多から、伊万里《いまり》を過ぎて松浦市の今福へ入ると星鹿《ほしか》半島・城山を望むことができる。晴れた日の夕暮れ、夕日の星鹿半島の風景はわたしの原風景である。人は、死んだら魂となって生まれ故郷に帰るそうである。城山に吹いている風は魂の風なのかもしれない。

「風の便り」という言葉がある。わたしにもいまの星鹿半島の風景を風が便りをしてくれる。そして、人の便りもしてくれる。「どこどこの家のだれだれさんが死なした」「どこどこの家に子どもが誕生した」。亡くなった人はよく知っている人であったりする。同じ時代の同じ風景を駆け巡った人である。誕生した人は知らない。こうやって、故郷は遠くになる。

わたしは松浦市内の小学校の民話ミュージカルで年に数回は故郷へ帰ることができた。そのミュージカルもなくなるそうである。人は、誇っていいものからなくしていく。また、故郷が遠くになった。


（二〇一六年十月二十二日）

演劇で存在を証明

昭和四十五（一九七〇）年に、わたしはたった二人で劇団「空間演技」を結成した。公演には前に所属していた劇団三十人会の仲間も参加してくれた。第一作の「トンテントン」や「ひゅうらひゃあら」を喫茶店で上演するなどした。新宿ノアノアである。だれもが手弁当であった。楽屋は非常階段である。客は四、五人しかいなかった。だれもが寒さに震えていた。しかし、我々の存在を証明するには演劇しかなかった。

昭和五十年に「倭人伝《わじんでん》」を俳優座劇場で上演した。すでに、五年が過ぎていた。全編を役者が吹くトランペットのテーマ曲が貫いた。この舞台には俳優小劇場の養成所のメンバーも参加してくれた。彼らも劇団に造反していた。「造反有理」という言葉があった時代である。

きたろう、大竹まこと、風間杜夫、いまでは錚々《そうそう》たる連中である。この舞台が評判を取った。もう、亡くなったが演劇評論家の扇田昭彦《せんだあきひこ》さんは「朝日新聞」や「週刊朝日」に「久々に大型新人登場」と特集を組んでくれた。そして、青年座や文学座、俳優座から執筆依頼があったのである。映画やテレビからもあった。

青年座に書いたのが「肥前松浦兄妹心中」であった。この戯曲で岸田戯曲賞を頂いた。それからラジオドラマで「精霊流し」を書いた。それが今日まで継続して上演され、わたしの代表作と言われている。すべて、祖母の言葉や肥前松浦の風景がバックにあった。故郷に育まれたのである。

それやこれやとやっている時にカフェテアトロ新宿もりえーるで「一カ月のロングランをやらないか」との打診があった。一カ月、休みなしの四〇ステージのロングランである。キャバレーがあった跡の劇場である。まだ独特の匂いが残っていた。天井は高く二階席まであった。これが伝説の舞台と言われる「修羅場にて候」である。

もう、この頃には劇団「空間演技」も演劇界で知られるようになっていた。入団志望者が相次いだ。演劇学校や老舗《しにせ》の劇団の養成所に入り、卒業したのはいいが劇団に残れなかった連中である。なにも老舗の劇団がいい素質のある俳優を残すわけではない。危なくない連中を残すのである。反抗したり造反したりする連中は残さない。苦い経験があるからである。

わたしは試験をしたり、されたりするのを好まない。まして、俳優志望の人を一回の朗読や身体を動かしたぐらいで適、不適を決めるのは早計である。「野球はできるのか」「できます」。それが入団試験であった。劇団対抗野球が盛んな時代だった。ユニホームまで作った。

適、不適は四、五年もやっていれば自分でわかる。わかればやめて故郷へ帰る。ある地方都市でやめて帰った奴がホールの館長をやっているのには驚いた。「空間演技」に在籍していたのが売りだったという。わが劇団には二、三日もいたかどうか。

（二〇一六年十月二十九日）

言葉も生きている

故郷は遠くに離れていた。「心やさしくさえあれば　ここからは永遠《とわ》が観える　西の果てなる夕暮れの城跡に佇《たたず》めば　遥《はる》かかなた凪《なぎ》の海に夕陽揺れる　時は流れ　夢はうつろい　人恋し　別離《わかれ》の朝に頬を染めて　祈ってくれたあの人はいずこ」。「人恋し」である。なんに限らず継続することに意味がある。ただし、いいことならばである。わたしが劇団を継続できたのは「笑われたくない」の意地であった。解散すれば「やっぱりな」と笑われる。解散を考えた時期もあった。疲れ果てていた。金銭はもちろん、精神も肉体もである。いろいろな人に相談したが、だれもが「やめちゃいなよ」といった。一人、本多劇場の本多一夫氏だけは「耕大さん、いまやめれば只《ただ》の人だよ」と励ましてくれた。只の意味はわからなかった。だけど、只の人にはなりたくなかった。「継続は力なり」とはよくいったものである。本多一夫氏は只者ではなかった。

「修羅場にて候」はボクシングがテーマの芝居である。新宿にカフェテアトロ新宿もりえーるがオープンすることになった。昭和五十七（一九八二）年のことである。覗《のぞ》くと、人っ子一人いない薄暗い雰囲気の劇場は、まだ女の人の嬌声《きょうせい》や男たちが蠢《うごめ》く声が聞こえるようであった。天井は高く、二階席まであった。ステージもピアノも埃《ほこり》をかぶってそのままであった。「凄いことになりましたねえ」と劇団員がいった。「ああ、修羅場だなあ」。それがそのまま「修羅場にて候」の題名になった。

それまでは松浦の言葉で書いていたが、この作品では関東の言葉にした。それも若者が使う言葉である。「まいったっすよっ」といった台詞である。「言葉が汚い」といった指摘を古い評論家が演劇雑誌でしていた。これには若い評論家が「この言葉なくして、この演劇は成立しない」と食って掛かった。まだ、そんな時代だった。

新劇の衰退のひとつに言葉があった。言葉も生きている。言の葉である。アングラという言葉が流行《はや》った。アングラ演劇である。舞台は、架空の土地である。架空の土地ではあったが、川崎辺りを念頭にして書いた。工業地帯・川崎である。いつも土砂降りの雨が降っている土地である。土砂降りにあちこちが雨漏りをしているボクシングジムである。いくつものバケツにトーントーンと雨漏りがしている。これは効果的であった。これも対立のドラマであった。登場人物一人一人に恨むべき過去や人間関係や現実がある。

（二〇一六年十一月五日）

恨みに時効はない

「恩は返すもの、恨みは晴らすもの」。どちらにも時効はない。なぜボクシングを題材にしたのか、詳しくは忘れた。石原裕次郎の「勝利者」や赤木圭一郎の映画がイメージにあったのかもしれない。中学や高校時代に観ていた日活映画である。それと、劇団員で俳優の赤穂善計《あかほよしかず》の体つきがボクサーを演じるにはぴったりだったこともある。そのころ、善計は空間演技の主役を演じ続けていた。わたしは劇団員に六カ月もの間、ボクシングジムに通うことを強要した。

面白いエピソードがある。時折、わたしもボクシングジムへ見学にいった。ジムのトレーナーが劇団員の一人一人を指さして「あの人はいい役者でしょう」「あの人は不器用なはずです」といった。そのどれもこれもがぴったりとあたっていたのである。驚いた。

この作品にはわたしも俳優として出演した。博打《ばくち》と酒が好きなジムのオーナーを騙《だま》すやくざの役である。一カ月、休みなしの四〇ステージのロングランに、わたし一人楽をするわけにはいかない。そう考えた。渋い演技をしたつもりだったが、評判は悪かった。知り合いの観客が「恥ずかしいからやめてくれ」というのである。「なんで。劇団員はなにもいわなかったよ。ねっ、なんで。なんでなのよ」

「修羅場にて候」の稽古に入った。稽古場には壮絶な雰囲気が漂っていた。稽古は午後一時から始まり、夕方五時には終わる。稽古場での演出の集中力も四時間が限度である。本番が近くなると、朝十時から夜の七時くらいまでの稽古になる。食事タイムはない。休憩は取るが、休憩時間の俳優は稽古場のあちこちで台詞合わせや動きの稽古をしている。

わたしは善計に体重を一〇キロ落とすことを命じた。善計の役も因縁のある相手とスパーリングをするために減量をする役である。「恨みに時効はないからな」「人はやったことは忘れても、やられたことは覚えてるっすよ」。正式の試合ではない。たかがスパーリングに、過去の因縁からボクサー生命を懸けて死闘する二人。ここで詳しく粗筋を書く余裕はない。ただ、減量している善計の役が、若い練習生に出前のラーメンを食わせるシーンがある。この練習生は「月謝を払ってるんだから、殴られなくてもチャンピオンになる方法を教えてくれてもいいじゃないっすか」という若者である。「まずスープだ」「そこで麺だ」といった台詞がある。

減量しているパンツ一枚の善計が、そろりそろりと計量器に上がる。ぴたり、目盛りはぎりぎりで止まる。「これでハンディなしっすよ」。一カ月、休みなしの四〇ステージ、毎回ラーメンを食った若い俳優は、すっかりラーメン嫌いになった。逆に、毎回ラブシーンを続けた男優と女優が、ほんとに好き合う仲になり結婚した例もある。いろいろある。

（二〇一六年十一月十二日）

内田吐夢の男と女

稽古中に、善計《よしかず》は一日にメロンを一切れしか食わない。善計が食わないのに他の役者が飯を食うわけにはいかない。稽古場は全員が絶食状態となった。わたしは稽古中には食欲がなくなる。稽古が終了しての居酒屋の酒と焼き鳥だけの日々である。善計に「メロンは高いから、トマトにすればいいじゃないか」というと「デリカシーのない人だなあ」といった目つきでわたしを睨《にら》んだ。「メロンでなくてはいけないのです」「それはそうだよなあ」。そうはいったが、どうしてそうなのか、わかったようでわからなかった。

善計の目つきは、内田吐夢《うちだとむ》監督作品の「宮本武蔵」の高倉健演じる佐々木小次郎のようであった。また高倉健で恐縮ではある。しかし、内田吐夢の「宮本武蔵」五部作の佐々木小次郎の登場は鮮烈であった。わたしも映画やテレビでいろいろな佐々木小次郎を観たが、高倉健の殺気と苦味とプライドにあふれた佐々木小次郎ほどの小次郎を観たことがない。あれは本物の佐々木小次郎よりも佐々木小次郎らしかった。本物は知らない。老人だったという説もある。

内田吐夢は若き日に横浜で愚連《ぐれん》隊をやっていたそうである。横浜の愚連隊はジョンとかサムとかジャックとか外国人名を名乗ったそうである。本名内田常次郎はトムと名乗った。それが後の内田吐夢である。これは内田吐夢の伝記で知った。

作家は意識無意識にかかわらず自分を作品のどこかに投影するものらしい。内田吐夢監督の映画の男と女はどことなく物悲しい。内田吐夢が「宮本武蔵」の五部作を撮るエピソードはすさまじく恐ろしいものがある。映画への執念と生き残る執念が重なっている。しかし、内田吐夢は映画がいい時代に映画を撮った。人間は、いつの時代に生まれたかで決まるものなのかもしれない。それは健さんにも寅さんにもいえる。

高倉健は内田吐夢監督作品の「飢餓海峡」にも出演している。刑事役である。仁侠《にんきよう》映画のやくざ役で流行《はや》っていた健さんが刑事を演じた。また、それがはまっていた。「飢餓海峡」のあらすじを書く余裕はない。しかし、男と女を描いて秀逸な作品である。店で一夜を共にした男から大金をもらった商売女が、ある新聞記事で、奇特な施しをする、かつての男の出世ぶりを知り、男を訪ねる。男はかつて大犯罪者であった。男は過去を知っている女を殺害する。女は奇特な男の記事が載っている新聞の切り抜きを懐に持っていた。

「飢餓海峡」の原作は水上勉氏である。昭和五十七（一九八二）年の夏、わたしは水上勉氏と乗鞍《のりくら》高原で会っている。それが初対面であった。木村光一氏の地人会が六人の作家による一人芝居を企画した。宮本研氏や井上ひさし氏、外国の劇作家A・ウェスカー、わたしなどである。乗鞍でそのシンポジウムがあった。

（二〇一六年十一月十九日）

演劇は芸術か否か

A・ウェスカー氏とわたしはちょっとした議論になった。「演劇は芸術か否か」である。わたしは「芸術とは、一人でやる陶芸家とか絵描きをいうのであって、寄ってたかって創る演劇は芸術とはいわない」といった。A・ウェスカー氏がいう芸術の意味は違っていたみたいで、後に「わたしの通訳がまずかったのです」と通訳の人が謝ってきた。わたしも若気の至りであった。

早朝、宿屋のわたしの部屋をノックする人がいる。水上勉氏であった。氏は「耕大、俺の部屋に来い」と有無をいわさずいった。坊さんの口調であった。年寄りは朝が早い。わたしは水上勉氏の生い立ちを知っていた。氏の部屋を訪ねると、硯石に墨が磨《す》ってあった。墨黒々である。水上勉氏はさらっと書を書いた。「葉も落ち　実も落ち　根に帰る」。この書は掛け軸にして書斎隣の和室の床の間にいまでも飾ってある。「ついでといってはなんですが」。ついでに表札も書いてもらった。表札の脇面には一九八二年水上勉とある。

わたしは昔、世田谷の笹塚に住んでいたことがある。近所に内田吐夢《うちだとむ》監督の家があった。地味で瀟洒《しょうしゃ》な日本家屋で、いかにも内田吐夢らしかった。水上勉氏の家は知らない。あの人の風貌や佇《たたず》まいには家を感じなかった。わたしは、氏の故郷若狭《わかさ》を知らない。ほんとに、氏の映画「越後つついし親不知」に主演した若尾文子のような人が歩いているのだろうか。

若尾文子さんは少年時代に観た映画「十代の性典」から、ずっとファンである。あの声と男という男を当惑する魅力的な表情。若狭で、セーラー服の若尾文子さんと佐久間良子さんが手をつないで歩いているのなら、どうすればいいのか。困っちゃうなあである。あっ、和子姉さんも入れて三人がいいか。「犯人は、この三人の中にいる」のナレーションが流れる。そんな想像をしたりする。三人とも犯人だったりしてな。

時折、俳優やプロデューサーから晩餐《ばんさん》会に誘われる。それなりの格好をして招きに応じる。あまり、ラフな格好でもいけないし、ネクタイや改まった格好でも具合が悪い。難しい。銀座ならばレストラン、六本木なら寿司屋か蕎麦《そば》屋である。いずれも名の知れた店である。せっかくのご馳走《ちそう》も緊張気味で食欲がなくなり、酒ばかり飲んでいる。仲居さんからは「お口に合いませんか」と嫌みをいわれたりする。

まだ偉くなるまえの若手の政治家とご一緒したこともあるが、健啖《けんたん》家であった。四、五人のボディーガードを立たせたまま、次々と皿に盛られた中華料理をたいらげた。「政治家は飯を食うのも仕事のひとつ」と教わったことがあったが、なるほどとうなずけた。いまの安倍晋三首相である。

（二〇一六年十一月二十六日）

川を渡れば小市民

わたしの故郷の政治家も、おくんちで回る家の料理はすべてたいらげると聞いたことがある。市が九日にあるからおくんちなのか。「お九日」と書くのかもしれない。同窓会や故郷会に参加してもそうである。海や山の郷土の料理がこれでもかと盛ってある。バイキングである。わたしは料理を取りに行くのもおっくうで酒ばかり飲んでいる。二次会の料理屋の郷土料理にも手をつけない。ここでも、酒ばかり飲んでいる。終電もとっくに過ぎていて、帰りはタクシーになる。

多摩川を越えて神奈川の登戸《のぼりと》になると、我が家である。登戸は、江戸へ登る河口からの地名だそうである。江戸も、入江の戸口が地名になったと、なにかで読んだ。家に着くと、開口一番「ああ、腹減った。なにかないか」である。家内もたまったもんではない。「食事会ではなかったのですか」と嫌みのひとつもいいたくなるのはわかる。しかし、このお茶漬けの味がなによりなのである。家庭の味といっていい。

多分、このタイプの人は多いのではないか。ライバルと別れて、どっと緊張感がほぐれる時である。男は、どこかでだれもがライバルである。女はライバルともうまくやって、もっと巧みに生きる。家内も「ただいま」の声は、ほっとする瞬間なのかもしれない。ほっとして嫌みのひとつもいいたくなる。

昔は梯子《はしご》梯子で酒を飲んでいた。どこで晩餐会《ばんさんかい》があっても新宿のいきつけの小料理屋でいっぱい、下北沢で二、三軒、そしてまたタクシーで多摩川を渡るのである。多摩川を渡れば小市民。家の遠くでタクシーを降りて、ひっそりと歩いて我が家に帰った。よく時間も金も体力も続いたものである。「あの金をためていれば」。だれもが繰り返す繰言である。

「子孫に美田を残さず」といったのは西郷隆盛である。そこだけならわたしは西郷どんに似ている。鹿児島では大久保利通より西郷隆盛が人気がある。大久保利通が国といえば日本である。西郷隆盛が国といえば薩摩である。これが西郷どんの人気の秘密かもしれない。しかし、文明開化の明治時代、相撲取りのちょんまげを残すことを決めたのは大久保利通である。大久保利通は伝統を重んじる文化人であった。

わたしの世界に「運、鈍、根」という言葉がある。もう、若い演劇人は使わない言葉かもしれない。演劇で成功するには三つの要素がなければいけないそうだ。ひとつは運である。運不運の運である。「あいつは運がよかった」とうらやむ人がいる。うらやむ人は、その人がどれほどの努力をした結果かを知らない。ふたつめの鈍は鈍感の鈍である。人はあまり敏感ではいけないのだそうだ。

（二〇一六年十二月三日）

映画監督の統括力

人付き合いもどこか鈍感であったほうがいいそうである。敏感過ぎると相手の嫌な面や欠陥部分がすぐにわかり、嫌いになる。「運、鈍、根」の三つめの根は根気の根である。何事にも諦めずに粘り強く、根気よく取り組まなければいけない。この「運、鈍、根」が成功の秘訣だそうである。そういわれて成功した人を観察すると、なるほど「運、鈍、根」が揃《そろ》っている人が多いようだ。知らず知らず身に付けているのかもしれない。あるいは、持って生まれたものなのかもしれない。

わたしの場合はどうだったのか。演劇しかやることがなかったような気がする。演劇人の要素には絵画力もいるし文章の力もいる。また音楽への感性も求められる。演劇が総合芸術といわれるゆえんである。芸術かどうかは別にして、総合力はいる。

映画監督もそうである。それに加えて統括力もいる。これがない映画監督は哀れである。黒澤明監督のすごさは文学性、絵画性、音楽性が総合した統括力のすごさである。どの黒澤映画でも人間が生きて立ち上がり動いている。黒澤明の映画が嫌いという人も、これは認めている。

わたしは少年時代、小津安二郎監督の映画が好きになれなかった。というか、どこがいいのか理解できなかった。チャンバラもなかったし登場人物もおとなしい人ばかりだし、会話もほとんどが日常会話であった。娘を嫁にやる老いたる父の心境を少年が理解できるはずもなかった。後年、小津安二郎に関する評伝や一代記を読むと「なるほどな」と納得させられるが、やはり小津調にのめり込むことはない。

山田洋次監督は小津調の後継者であるという人もいるが、言語感覚や色彩感覚がまったく違うような気がする。やはり、山田洋次監督には「寅さん」がいなくてはならない。高倉健さんとの映画もあるが「これは、どこかで観たなあ」という印象であった。西部劇だったのかもしれない。山田洋次監督には渥美清である。

こんな話がある。戦で家を焼かれた村の少年二人が旅に出る。道がふたつに分かれている分かれ道にさしかかる。二人は右と左、どっちの道を行くかをじゃんけんで決める。二人は右左別々の道を行く。運命の分かれ道である。一人は温厚な商人に拾われる。もう一人はやくざの親分に拾われる。それから、二人はどうなったか。やがて国の政治抗争で二人は相まみえる。歴史が二人の顔に刻まれている。

一人を高倉健さん、もう一人を渥美清さんでやってくれるならシナリオを書きたいと映画会社の人に話したことがあった。簡単ではなかった。女の分かれ道は複雑で怖い。

（二〇一六年十二月十日）

「無告の民」を描く

渥美清さんは、よくわたしの演劇を観劇にいらした。野球帽を深くかぶり、うつむいて受付を通る。どんなに変装しても渥美清だとすぐにわかった。変装はどんなに上手にしたつもりでも見破られるものである。まして、盆暮れには欠かさず観ていた寅さんの渥美清である。変装ごときに騙《だま》されるはずがない。

渥美清さんはわたしの演劇を観に来たわけではなく、わたしの演劇に出演している夏木マリさんを観に来ただけである。夏木さんは、わたしの舞台「お侠《きゃん》」で主役を張っていた。江戸っ子は「あいつはお侠な娘だ」と冷やかし気味に使ったりする。その言葉をちょうだいした。

夏木マリさんが寅さんに出演していた頃である。山田洋次監督とも楽屋の夏木さんの部屋の前で擦れ違ったが、わたしはそっぽを向いたままであった。わたしには好きな人にそっぽを向く悪い癖がある。これでどれほど損をしたことか。

渥美清さんの人生は壮絶である。業界紙かなにかの新聞記者だった父と過ごした上野の長屋住まい時代。結核を患った浅草時代や踊り子との弾むような羨《うらや》ましい友好関係。どれもこれもにもフーテンの寅さんが生きている。山田洋次監督の満州時代や松竹の助監督時代のエピソードにも日向《ひなた》と陰、表と裏があるようで面白い。

松本清張原作の山田洋次監督初期の作品「霧の旗」は全編息をのむ。脚本はこれも橋本忍である。すでに、女優倍賞千恵子さんのすべてが表現されている感じである。倍賞千恵子さんの日常も聞いた話ではあるが面白い。庶民派の名にふさわしい。ひと癖もふた癖もある監督や俳優が葛飾柴又の根っからのいい人を書き演出し、演じたのである。面白くないわけがない。

寅さんが旅をする場面は長谷川伸《はせがわしん》の時代劇を観るようである。「あいつ、バッカだなあ」。盆や正月に庶民は落語の主人公のような寅さんに共感の笑いをして満足した。マドンナに振られる寅さんに「やっぱりなあ」と予定調和の納得をしたのである。

渥美清さんは相当の勉強家であったそうである。そして、その勉強家ぶりを微塵《みじん》も人に感じさせなかったそうである。山田洋次監督しかりである。寅さん映画の後味のよさはそれである。「渥美さん、あなたを意識してますよ」。夏木マリさんのマネジャーにいわれたことがある。光栄であった。この時代のわたしは底辺の無名の人を主人公にした舞台を書いていた。「お侠」も、そのひとつである。無告の民である。

（二〇一六年十二月十七日）

楽しかった旅公演

渥美清さんも寅さんが流行《はや》るまでは無告の民を演じていた。明るく一本気な庶民であるが、どこかに過去を引きずっている影のある人である。わたしの舞台の無告の民と似ていた。渥美清さんはそれを意識してくれたのかもしれない。

人生に「もし」はないという。しかし、もし、わたしが渥美清さんに脚本を書かせていただけたとするならば、どんな人を書いただろう。渥美清さんに松浦弁は似合わないし、しゃべれないだろう。東京の下町になるのか。下町ならば浅草か柴又の帝釈天《たいしゃくてん》か。やはり、わたしが書く必要はなさそうである。浅草の裏道を歩いてみるといい。表の浅草とは全く違う浅草がある。

われわれの公演では、旅公演はもっとも重要な公演である。われわれの舞台を観たこともない地方の人に観てもらう。老舗の劇団の公演なら長崎や佐世保でも上演する。われわれ小劇場では団体の観劇は難しい。昔は伝《つて》を頼っての地方公演であった。

わたしの若い時代には寝泊まりもお寺の本堂や公民館でした。もちろん、自炊である。女の人は港まで出掛けて、イワシやアジの干物を安く仕入れていた。漁師の人も女の人にはおまけをしてくれた。劇場も公民館や野外であった。若さとはいいものである。それでも旅は楽しかった。

いまは、若い劇団員までも個室をあてがう。悪くても二人部屋か三人部屋である。たまに大広間に泊まると、枕投げなどしている。修学旅行気分である。わたしが育った子ども時代には、個室の子供部屋などはなかった。雑魚寝《ざこね》が普通であった。いまは個室で育った人が劇団員にも多くなった。風呂も一人で入る。朝食も宿屋の飯である。

昔の銭湯にはうるさい爺《じい》さんや、入れ墨の人がいて裸で人生を学ぶ場所でもあった。入れ墨の人は「悪か人間にだけはなるな」と背中をこすりながら説教をした。うるさい爺さんは「体を洗ってから湯に入れ」「湯舟に波を立てるな」「タオルを湯舟につけるな」とうるさかった。そのくせ、下手な浪花節をうなっていた。将棋も好きだが下手だった。

いまは人に構っては損をするらしい。「人に説教をする町内のやかましい爺さんがいなくなった」と居酒屋で嘆いている人がいる。いたずらっ子に説教をした爺さんが親に怒鳴り込まれたらしい。その子は親にしゃべったことを後悔していた。「わが子だけがよければいい」。この風潮はあるのかもしれない。

わたしの母親もよく怒鳴り込む人だった。転校生。転校した子どもも一人ぽっちになるが、隠岐《おき》の島へ引っ越した母もそうであったらしい。バランス感覚がなかった。それを教養がないというのかもしれない。「孝行をしたい時には親はなし」とはうまくいったものである。

（二〇一七年一月十四日）

空想した少年時代

わたしもご多分に漏れず、仏壇の前で「ああすればよかった。こうすればよかった」と後悔ばかりしている。わたしの息子たちもいずれは後悔するのだろう。昨年の正月に「いいか、墓に布団は掛けられないんだぞ」と説教すると「墓に布団を掛ける人なんかいるわけがないじゃない」と次男坊源紀《げんき》がいった。ビンゴである。もっと意味を説明したかったが限界を感じてやめた。

その次男坊源紀は近在の代々が多摩の家の一人娘を嫁にした。岡部の姓が増えるのは悪いことではない。嫁の父親は福島生まれだそうである。警察官であったそうだ。警察官は、鹿児島と福島の人が多い。「戊辰《ぼしん》戦争」は形を変えて続いているのかもしれない。嫁の家に入ったのである。この人と飲む酒はうまい。九人きょうだいの末っ子だといっていた。飲むほどに福島なまりが強くなる。そして、生まれ故郷の家やきょうだいの話を懐かしそうにする。横で次男坊源紀もうれしそうに笑って聞いている。わたしの演劇も一回は観に来てくれたが、それからはどんなに誘っても足を運んでくれない。わたしの演劇には巡査の保造というおっちょこちょいの警官が登場する。「おいは松浦のダーティーハリーぞ」。それが嫌だったのかもしれない。

「宇宙の果てにはなにがあるのだろう」。少年時代、そんなことばかり考えていた。標準語で考えたわけではない。「なんのあるとじゃろか」。学校帰りに志佐川の鹿爪橋《かのつめばし》の欄干に両肘を突いて松浦弁で考えていた。どこかの家のラジオからは朝潮か若乃花の相撲中継が流れていた。どちらも先代か先々代である。まだ各家にはテレビがなかった時代である。「もはや戦後ではない」「雪どけ」といった言葉が流行《はや》っていた。「宇宙の果てにたどり着いたとしても、その先にはなんのあるとじゃろか」。とけない謎であった。「永遠じゃろか」。家に帰るまでが空想にふける時間であった。

家に帰ると母は磯でボタ拾いを命じた。石炭のくずがボタである。まだ炭鉱があった時代で、そこここにボタ山があった。磯で小さな穴に塩を落とすとマテガイが飛び出した。マテガイはしょうゆでゆでて食卓を飾った。バケツいっぱいのボタを拾った。ボタで風呂を沸かすのである。母は茶道や花道の道具には金をかけていたが、普段はけちであった。風呂の水も井戸でくんでバケツで運ばされた。

いつ頃まで、空想にふけった時代があったのだろうか。映画を観る年頃になると、東京を空想するようになっていた。シネマスコープ総天然色のスクリーンはしゃれたファッションの男と女であふれていた。銀座のネオンが華やかであった。テレビの時代になり、三池争議やラグビーの新日鉄釜石を知った。「とにかく東京へ」が本音であった。（二〇一七年一月二十一日）

話題は昔の映画に

いま、劇団「空間演技」で息子の大吾《だいご》の演出で若手のグループが「ラガー――騒乱罪の男たち」の稽古をしている。昭和四十三（一九六八）年十月二十一日の新宿駅騒乱事件の日から、昭和六十年の山荘に偶然を装い集まった人々の物語である。

あの騒乱罪適用の日はわたしも新宿にいた。憧れの東京はとっくに色あせていた。大学には席だけは置いていたが、バイト、バイトの日々であった。あの国際反戦デーの日、わたしは偶然に新宿にいたのである。機動隊とデモ隊とのぶつかり合いがラグビーのようであった。デモ隊は群衆一万人と合流し、駅の鉄壁や看板を倒した。投石、放火、ダイヤはまひした。もう、演劇は始めていた。

「ラガー」を書いたのは、あれから十七年が過ぎた昭和六十年であった。あの時代を書くには、そこまでの時間がかかった。現実はリアルである。永遠にとけない謎も、故郷でボタ拾いをした記憶すらなくしていた。

好きだった人も、東京の女子大に進学していた。寮のある三鷹《みたか》の駅まで一度だけ訪ねたことはあったが、これといった話題もなくすぐに別れた。立場が違い過ぎた。女の人が花嫁修業に女子大の短大に進学した時代だった。すでに結婚相手も決まっている雰囲気であった。男は明日もわからなかった。青春時代の男と女は、年が同じでも明日への境遇はまったく違っていた。そして、晩年は男ががっくりと老いる。割が合わない。

同業者が集まる会の催しに参加することがある。俳優、シナリオライター、映画監督、劇作家、演出家など一家言あるうるさい連中が集まる。それでも一次会の会場では各テーブルで和やかに食事をしながら会話している。「この人はどんな映画を監督した人か」「どんな映画のシナリオを書いた人か」。探りながら当たり障りのない会話をする。

最近の映画は話題にしない。その映画に関わっている人がいるかもしれないからである。主に昔の映画が話題になる。それも評判になった映画ばかりである。黒澤明監督なら「七人の侍」か「用心棒」。「羅生門」になると賛否が分かれて難しくなる。だから避ける。深作欣二監督ならば「仁義なき戦い」。山田洋二監督は、やはり初期の作品である。

二次会になると酒が入り、辛辣《しんらつ》になる。褒《ほ》める映画がなくなり、どの映画もまな板のコイである。完璧な映画などあるわけがない。だれもが少年時代に観て感激した映画を語ろうとしない。どこかで「甘く見られるんじゃないか」といった思いがあるのかもしれない。ちょいと小難しい映画を語りたがる。洋画もしかりである。ただ、面白いことにわたしの世代の映画人でジョン・フォード監督の「駅馬車」を悪くいう人はいない。

（二〇一七年一月二十八日）

秀逸「武蔵」五部作

わたしもひそかに黒澤明はジョン・フォードに影響されているとにらんでいる。内田吐夢《うちだとむ》監督を語る人も少ない。わたしは少年時代に観た中村錦之助の「紅孔雀《べにくじゃく》」が好きだった。いまもテーマソングを覚えている。だが「紅孔雀」を語るわたしの世代の映画人はいない。その会で内田吐夢監督、中村錦之助の「宮本武蔵」の五部作は秀逸であると語ったことがあったが、しらっとして反論すらなかった。

宮本武蔵の晩年の書に「五輪書」がある。その書に武蔵は「われ事において後悔せず」と書いている。わたしは「これが不思議でならない」と発言した。武蔵ほどの人が、なぜわざわざ晩年になって「事において後悔せず」などと強がりをいうのだろうか。武蔵はよっぽど後悔したのではないか。あの橋のたもとでのお通さんとの別離。武蔵は欄干に小刀で「許してたもれ」と書いて去る。それを読んだお通さんの悲痛な思いはいかばかりか。

わたしは「戦後流行《はや》ったメロドラマのすべては、あの橋のたもとの別離にあるように思えてならない。武蔵が農民に雇われて、一人で村を守る。あれが『七人の侍』のヒントになったのではないか。吉川英治はすごい作家だ。それを忠実に撮った内田吐夢監督もすごい」と論じたが、あざ笑うように無視された。しかし、一年に一本、五年をかけて武蔵を撮った内田吐夢監督は、やはりすごかったのである。女かなにかで後悔はしているとしても。

とにもかくにも、わたしは昭和四十三（一九六八）年を東京で過ごした。正月、故郷に帰る旅費もなかった。元旦に故郷の家に電話をすると、父は「おまえの陰膳はしとる」と諦めるようにいっていた。陰膳とは嫌な言葉であった。十円玉がなくなって赤電話はすぐに切れた。

一月十九日、佐世保にアメリカの原子力空母「エンタープライズ」が寄港した。十七日には佐世保の平瀬橋付近で学生と警官が激突、負傷者が続出した。店頭のテレビのニュースで見たが、佐世保が遠くに感じられた。「金嬉老《きんきろう》事件」、「新宿駅騒乱事件」を挟んで十二月十日の「三億円強奪事件」。昭和元禄と呼ばれる太平ムードは、年明けから怪しい雲行きを示し始めていた。

夏、新宿駅周辺にフーテン族と呼ばれるアメリカのヒッピーの日本型が登場した。別名「新宿こじき」である。アングラ、蒸発、シンナー遊び、戦無派の言葉が流行した。わたしはあちこちと韋駄天走りで駆け巡った。遠くから眺めているだけであった。ノンポリという言葉もあった。新宿駅騒乱事件が起こったのは十月二十一日の国際反戦デーの日である。国会や防衛庁、米国大使館などへ押し掛けたデモ隊は、夕方から国鉄新宿駅へ向かい、午後七時ごろには新宿駅に集結、新宿駅東口に集まった群衆一万人以上と合流した。

（二〇一七年二月四日）

新宿騒乱　衝撃の街

東京は衝撃の街であった。過激派の学生が新宿駅の鉄壁や看板を倒し、線路、ホーム、駅舎に乱入した。それを排除しようとする警察隊や電車、列車、信号機に投石して警察車を横倒しにして放火。さらに南口階段付近に放火、列車ダイヤをまひさせた。

わたしは大学には行ったり行かなかったり、バイト、バイトに明け暮れたりしていた。すでに映画は斜陽であり、岡本喜八監督からは「映画監督は諦めろ」と引導を渡されていた。ふてくされていた。新宿で、よくわかりもしないジャズをジャズ喫茶で聴いて、夜を明かしたものである。

もう、演劇は始めていた。渋谷区初台にある劇団三十人会の研究生になっていた。牧歌的な演劇をやる劇団であった。激動といわれた時代である。時代は激しい演劇を求めていた。乱立する小劇場から新劇団が攻撃された時代である。「造反有理」という言葉もあった。催涙ガスの煙にやられて、涙を流しながら初台の下宿へ歩いて帰ったのを覚えている。

それから十七年が過ぎて「ラガー――騒乱罪の男たち」を書くことになる。このテーマを書くにはそれだけの歳月がいったのである。ラガーのテーマは「恨みに時効なし」「若気の至りは一生付きまとう」といったものである。あの学生のデモ隊だった連中は、いまどんな生活をしているのだろうか。もし、平穏な生活をしているのならば、そこに過去を知る人が訪ねていけばどうなるのだろうか。テレビドラマにはありそうなテーマである。

昭和四十二(一九六七)年ごろから、フーテンとかヒッピーと呼ばれる若者たちが東京の盛り場にたむろし始めていた。新宿駅東口周辺にはとくに多かった。ひげぼうぼうで汚れた奇抜な格好は「新宿こじき」そのものであった。アメリカのヒッピーはプロステタント的な社会通念や支配体制に対する批判から、社会に背を向けた若者たちと理解されたが、日本のフーテンは、見てくれはアメリカの反体制的ヒッピーにそっくりではあった。が、「昭和元禄」に甘えただけとの批判もあった。ビニール袋でシンナー遊びをしているフーテンは社会から逃避しているだけの感じで、わたしも「甘ったれるな」と苦々しく眺めていた。

むしろ、衝撃的だったのは三億円強奪事件である。十二月十日、歳末警戒の初日であった。朝、九時二十二分ごろ、府中刑務所横の道路上で、東芝府中工場従業員のボーナス三億円の現金が現金輸送車もろとも奪われるという事件である。血を流さずに、三億円の現金を奪ったあざやかな手口が評判になった。

銀幕では、日活から渡哲也がデビューしていた。新宿日活の看板のプロフィルには趣味は「喧嘩《けんか》」、特技は「空手」と書いてあった。同世代の、「敵《かな》わねえなあ」と感じた男たちの登場であった。

(二〇一七年二月十一日)

模索していた時代

交通警察官を装った、白塗りのオートバイに白ヘルメット姿ののっぺりとした手配写真をいまでも覚えている。捜査は難航し、昭和五十（一九七五）年十二月十日、事件は時効成立となった。映画は「ローズマリーの赤ちゃん」「アポロンの地獄」「真夜中のカウボーイ」、邦画では「心中天網島」「少年」「かげろう」そして「男はつらいよ」が封切られている。わたしはこの映画のどれもみていた。ちまたには「時には母のない子のように」「ひとり寝の子守唄」「フランシーヌの場合は」の反戦フォークが流れていた。

「泣きっつらに催涙弾」「論よりゲバルト」。東大安田講堂に残された学生の落書きである。稽古場には新劇反戦と書いたヘルメットとゲバ棒が置いてあった。わたしは「演劇人なら演劇で物をいえ」と不満であった。わたしは、これらに「影響されまい、影響されまい」ともがきながら演劇をしていた。模索の時代であったといっていい。いや、時代が模索をしていた時代であった。

この時代に与謝野晶子の「君死にたもうことなかれ」を読んだ記憶がある。ガールフレンドが貸してくれた本だったのかもしれない。その本は仲間のだれかにまた貸しをして、ついに返ってはこなかった。本は貸してはいけない。金と本を貸した友情は戻らない。ガールフレンドとも疎遠になってしまった。

わたしが第一作「トンテントン」を劇団三十人会の初台の稽古場で幹部会に無断で上演したのはこのころである。「なにかをやらなければ」。その思いが若い連中には充満していた時代である。新宿では「やがて新宿灰になる」と赤テントの唐十郎《からじゅうろう》が若者をあおっていた時代であった。韋駄天の時代である。

了見が狭い上司についた部下は哀れである。手柄はわが物にするし、嫉妬心が旺盛でうたぐり深い。部下のやることなすことに、ちょっかいを出したがる。岡本喜八監督が独立プロで「肉弾」を撮影することになった。わたしとしては手伝いたかった。ちょうど、劇団三十人会が暇な時期で手伝うのには、なんの障害も問題もなかったはずである。ところが劇団の上司である幹部は「外の仕事を手伝うことは許さない」というのである。了見の狭さゆえの嫉妬心である。わたしは「器材を運んだり、雑用係をするだけです」と反対を押し切って撮影に参加した。師匠が映画会社東宝を離れて少ない予算で映画を撮るという。手伝って当然である。

独立プロが流行《はや》っていた時代である。新宿のＡＴＧである。一千万円映画といった。家屋敷を抵当に入れて映画を撮るとうわさされた。そこまでして撮りたい映画があるのは、ある意味では幸せなことである。合宿で一カ月の撮影に参加した。旅費すらが持ち出しであった。

（二〇一七年二月十八日）

若者と対等であれ

苦労は若い日にするものである。若い日の苦労はいつかは実る。「肉弾」はヒットした。独立プロの映画は「絞死刑」「黒部の太陽」「初恋地獄編」などがあった。安田講堂攻防戦がテレビ中継され、他の大学生や高校生に強いショックを与えた。荒れ果てた安田講堂の姿は、全国の学生荒廃の象徴ともいわれた。

ノンポリのわたしは過激派といわれたヘルメットにゲバ棒姿の大学生がどことなく好きになれなかった。なに不自由ないエリートである。わたしの故郷では多くの同級生が集団就職で京阪神へ巣立って行った。「いまも政治には関係なく、汗水たらして働いているはずである」。そう考えた。勉強が好きだった同級生の中には貧しさゆえに大学進学ができず、警察や自衛隊に入った人もいたのかもしれない。

デモ隊と機動隊とのぶつかり合いは激しさを極めた。憎悪の激突である。「あの機動隊の中には警察に入った同級生がいるのかもしれない」。わたしは今日までどんなデモ隊にもくみしたことがない。つるむことのむなしさは、すでに「三池闘争」で知っていた。政治に興味はなかった。

それでも、戯曲やシナリオは部屋にこもって書いていた。岡本喜八監督の奥さまから段ボール箱いっぱいのインスタントラーメンを差し入れてもらい、一カ月食いつないだ。そして、政治に興味がなくては本は書けないことを知った。劇団三十人会から退団勧告の文書が届いたのがそのころである。

待ってましたと劇団「空間演技」を結成した。そして、世の中にも時代にも演劇にも満足していない人がいっぱいいることを知った。その連中が劇団結成にはせ参じてくれたのである。稽古場もなく、あちらこちらと渡り歩いた。だれも苦情をいう奴はいなかった。日々が楽しかった。

仲間を岡本喜八監督宅へ連れていったこともある。岡本喜八も若造の演劇論に参加して意見を述べていた。老いても若者と対等であろうとする姿勢には感じ入った。創造者はこうでなければいけない。政治家も創造者になるのかもしれない。二、三回当選するとふんぞり返る政治家もいる。嫌な感じである。「ひゅうらひゃあら」「はためくは赤き群れら」「倭人伝《わじんでん》」「海と組織」。これらが一九七〇年代のわたしの劇団での作品群である。

松浦の若い人は「ひゅうらひゃあら」という言葉をご存じだろうか。「わが、いきおおどもんがひゅうらひゃあらして」と松浦の老人が憤慨した時に使う言葉である。「おおどもん」は「ふてぶてしい奴」の意味か。それに「いき」という接頭語が付くと、「とんでもないふてぶてしい奴」の意味になる。「おまえ、とんでもないふてぶてしい奴だ。ふらふらしやがって」の意味である。「ずんだれ」とか「ふうけもん」の言葉もある。

（二〇一七年二月二十五日）

連れ戻しに来た父

「ずんだれ」はだらしないとか、きちっとしていないということか。「ふうけもん」は風みたいにぼけている者といった意味である。わたしなどはこの言葉を耳にするだけで吹きだしてしまうが、東京の連中には「それは日本語ですか」となる。ずんだれが。しかし、わたしはこの松浦方言で本を書いたのである。戦略である。

時代は前衛劇真っ盛りの時代であった。前衛劇をやっている人に「あんた、わかってやっているのか」と問うと「わかってやったら前衛劇じゃないじゃないか」と、わかったようなわからないような、それこそ前衛劇のような答えが返ってきた。

映画も「仁義なき戦い」に代表される実録物が流行《はや》り始めていた。方言や時代のファッションや事件が武器になっていた。新宿ノアノア、新宿アート・ビレッジ、高円寺シューベルト、池袋アートシアター。松浦弁で公演をした劇場名である。方言で走り、飛び、暴れるようなわたしの劇も前衛劇のひとつだったのかもしれない。

楽屋は雪や雨のらせん階段である。寒さに震えながらも心は火照《ほて》っていた。父がわたしを連れ戻しに来たのがこのころである。あれは、京都の京大西部講堂で旅公演をしていた時である。父が西部講堂まで訪ねて来た。わたしのチームは京大の学生寮で学生に配るチラシを分けていた。京大生も協力してくれた。父は黙って見ていたが、黙って帰った。わたしは悪びれてはいなかった。苦労は若い日にすべきである。いまも京大生だった人とは付き合いがある。

父はわたしを連れ戻して、松浦でしかるべき職に付かせるつもりでいたらしい。しかるべき嫁も決めていたのかもしれない。もし、と思う。もし、わたしが父に従って松浦に連れ戻されていれば、多分、わたしは朝な夕なに、父を恨み罵倒して生きたはずである。あの日から、だれにも責任を転嫁することはできず、だれを恨むこともできないわたしの日々が始まったといえる。

後年、松浦にも素晴らしいホールができて、ホールのこけら落としをやり、年に一回の松浦公演をするようになったが、父は生涯わたしの演劇は観ずじまいであった。父とわたしは、とうとう、ひゅうらひゃあらの関係であったのである。

新宿駅西口の線路沿いに飲み屋の横丁がある。いまは思い出横丁としゃれた横丁名になったようだが、われわれが通っている時代にはションベン横丁といった。焼き鳥が名物で、横丁の近所からは犬がいなくなると、笑えない冗談をいう人もいた。飲むのは酎ハイである。焼酎をハイボールにしたものである。それとは別に焼酎をコップ一杯頼んで、酎ハイに混ぜて飲むと強烈に酔っぱらう。

（二〇一七年三月四日）

劇団同士の感情論

唐辛子をぶちこんで一気に飲み、走り回ると酔いの回りが早いという剛の者もいた。坂になっている横丁の下の角に「きくや」という焼酎屋があった。「きくや」は改装されていまもある。昔の「きくや」はテーブルにコップを置くと、コップは流れた。木のテーブルが古くなって傾いていたのである。この店に、なぜか演劇人が集まった。

いまの演劇人は仲がいい。よく交流しているらしく、合同公演をやることもある。関西の演劇人が東京の演劇人と組んで、関西と東京で演劇をやっている。共通のテーマがあるのである。いい時代なのか、嫌な時代になったのか。

我々の時代は政治をテーマにする劇団と、政治にまったく無関心の二つの派に分かれていた。その二派が飲み屋で隣の席になるのである。どちらの派も「まずい」と感じるのだが、二派とも引くに引けないものがあった。そこはそれ意地である。「あいつらとは口をきくな」。それでも、飲み始めは二派別々の話題で飲んでいるが、やがては演劇論になる。

背中合わせになっていた一人が別の派とつい話をする。「どんな演劇をやっているのですか」。それが突破口になって口喧嘩《くちげんか》になる。感情的な演劇論である。「だから、おまえらの演劇は駄目なんだよ」「どこが駄目なんだ」「駄目だから駄目なんだ」。演劇論にもなんにもなってはいない。「表へ出ろ」となって「きくや」の前の道路で集団での殴り合いの喧嘩である。新宿警察へひと晩厄介になった奴もいた。わたしも引っ張られそうになったが、なんとかいい逃れた。「こすか」である。「こすか」「えすか」「嬉しか」。肥前では、このみっつの言葉を覚えれば、生きていけるかもしれない。

あちこちで若い演劇集団には似たような小競り合いがあったようである。いわゆる老舗《しにせ》の新劇団の人は、こんなことはやらなかったのではないか。アングラのけんかには新聞も週刊誌も好意的だったような気がする。そんな環境の中で、わたしの劇団「空間演技」は公演を続けたのである。やると赤字であった。赤字になると男は寝泊まりができる宿舎での肉体労働、女はカウンターバーなどでアルバイトをしていた。

そのバーの客を演劇の観客にする女優さんもいた。「なるだけ昼の公演を増やしてくれ」というのである。昼は演劇の観客にして、夜はそのままバーのお客にするのである。居眠りをしている客が多いのもうなずけた。

アルバイトの肉体労働は、主に東京郊外の宿舎で働いたものである。寝泊まりができて三食付きである。多くの演劇人が働いていた。夜になると演劇論が始まる。わたしは次に書くべき作品の内容をよくしゃべった。

（二〇一七年三月十一日）

電話口　激怒した母

ズボンの後ろのポケットには朝日ジャーナルを突っ込んでいたものである。「朝日ジャーナル」は硬い内容で知られる雑誌であった。正月になると故郷に帰れる人は帰り、宿舎にはいろいろな事情で帰れない人が残った。四、五人で車座になって、スルメをつまみに冷酒《ひやざけ》を飲む。あまり人の境遇を詮索しないのがルールであった。当たらず触らずの会話である。

テレビでは鶴田浩二の「傷だらけの人生」が流行《はや》っていた。わたしは加藤登紀子の「ひとり寝の子守唄」と森繁久弥の「知床旅情」が好きだった。「ひとりで寝るときにゃよう」。この歌にまつわる加藤登紀子の哀愁は時代の調べであった。寅さんは言う。「おまえ、さしずめインテリだな」。「知床旅情」は映画で観た。暇つぶしに偶然に入った新宿の映画館であった。詳しい内容は忘れたが、森繁扮《ふん》する知床の老人が一升瓶を抱えて歌う「知床旅情」は切なかった。なんとなく帰れない故郷松浦の父とイメージがダブった。

大学を中退したというだけでも故郷は帰りづらいところであった。演劇を始めたと知った母が激怒しているらしかった。実家の近所のおばさんと電話で話したことがある。あれは、どうして電話で話す状況になったのかは忘れた。ただ「どげん演劇ばしよると。お母さんには説明したと」と質問され「さあ、おふくろにはわからんじゃろ」としゃべった覚えがある。そのおばさんはそのまま母にしゃべったらしい。

別の電話で母は「わたしにわからんごたる演劇ばしよるとや」と、これまた激怒したのである。母は近所のおばさんの挑発に乗ったのである。母は「難しいことは母にはわからない」とわたしがいったと解釈したのである。確かに、大衆演劇ではない演劇は母には難しいのかもしれない。母というよりは一般の人にはである。昼、汗水流して働いて、夜、難しい演劇を観させられてはかなわない。「新劇はインテリが観る演劇」といった人もいる。

宿舎で茶わん酒を飲みながら、小柄な老人が故郷自慢を始めた。小柄な痩せた筋肉質の老人が故郷の家自慢を始めたのである。「俺はこんなことをしているが、故郷の実家は村で一、二を争う豪勢な家だ。いまは兄貴が継いでいて面倒くさいから帰らないが、帰って来い帰って来いとうるさくてかなわん」。わたしはこの小柄な老人の田舎自慢が哀れだった。「ああ、俺はなぜ故郷を振り返ろうとしなかったんだ」。「知床旅情」を歌いながら、そう考えた。

そして「倭人伝《わじんでん》」を書いた。小柄な老人のひと言が書かしたのである。いま、十一月の新宿紀伊國屋ホール公演「追憶――七人の女詐欺師」を執筆し、準備中である。

（二〇一七年三月十八日）

二・二六と阿部定

昭和十一（一九三六）年、「二・二六事件」があった年である。九段坂を行進する反乱軍の写真が残っている。「交通遮断」の貼り紙と兵士の銃が緊迫した空気を伝えている。雪がしんしんと降り続いた朝であったという。三日後には戒厳令が敷かれ、日本は戦時体制へと突入していく。グロテックといわれた「阿部定事件」もこの年に起こっている。もちろん、「二・二六事件」や「阿部定事件」を書くつもりはないが、時代のバックにはふたつの事件があるのは確かである。

昔、ある人がいった。女には「飛んでる女」「飛べない女」「とんでもない女」がいる。わたしはとんでもない女には会ったことがない。ラッキーな人生だったのか、無神経だったのか。「追憶―― 七人の女詐欺師」には、七人のとんでもない女が登場する。阿部定《あべさだ》は、誤解を恐れずに言えば、ある意味、かわいい「飛べない女」だったのかもしれない。

粗筋はこうである。卸問屋の主人が死んだ。自殺説もあるが殺されたとささやかれる。寂しい通夜である。近所の人は真面目で温厚なこの主人には身寄りも親戚もなかったのかとうわさする。降り積もる雪。銀世界である。そこに女の客が訪れる。それも次々と七人もの喪服の女の客である。洋装や和装の違いはあっても、七人とも喪服である。

卸問屋の主人は、軍や悪徳商人と結託することを嫌がり殺されたとのうわさも持ち上がる。

七人の女は卸問屋の主人とはそれぞれに因縁があった。「この人がそんなに艶福家《えんぷくか》だったのか」。近所の人は「人は死んでみないとわからない」とうわさする。七人の女は復讐《ふくしゅう》を誓う。武器は美貌と色仕掛けと知恵である。「でも、ほんとに好きだったのは、あなただけです」と追憶する。「また、あの女のうそが始まった。戦争だ」「戦争」「ああ、女のうそで始まるのが戦争だ」。

阿部定も「好きになるのは一生に一人でいい」とまでいいきっている。阿部定は、当時の閉《へい》塞《そく》した軍国日本の横っ腹に風穴をあけた「世直し大明神」だという。号外を含めた大量の阿部定報道は、大衆の目を国政からそらせるための軍部の情報操作だったという説も根強い。その時代に七人の女が手練手管で軍と悪徳商人に女の武器で復讐をするのである。詳しい内容はこれからであるが、二・二六時代の軍歌や流行歌がふんだんに流れるはずである。

わたしの好きな映画監督に鈴木《すずき》清順《せいじゅん》がいる。ひと味違った日活映画を撮った監督である。この人の作品に「けんかえれじい」がある。主人公の学生南部《なんぶ》麒六《きろく》が、転校する先々でけんかに明け暮れる話である。行きつけのカフェで麒六をじっと見ている鋭い目の男がいる。

（二〇一七年三月二十五日）

『麻雀放浪記』を読む

「けんかえれじい」のラストシーン、主人公麒六が駅で新聞を読む。「東京では大げんかをしている。俺は東京に行く。あの鋭い目の男は北一輝《いっき》ではなかったのか」。東京の大げんかとは「二・二六事件」のことである。そこに軍歌が流れる。「世は一局の碁なりけり」。「昭和維新の歌」である。どことなく黒澤明監督の「用心棒」を彷彿《ほうふつ》とさせるシーンもあったが、好きな映画である。高橋英樹も主人公の麒六をのびのびと演じていた。娯楽映画を時代に放り込んだ瞬間に娯楽映画は娯楽だけの映画ではなくなる。

「追憶や　白湯《さゆ》飲む季節秋の暮れ」遊園。遊園はわたしの俳号である。いま決めた。わたしは小田急線の向ケ丘遊園に住んでいる。昔は、遊園地があった土地である。わたしも子ども三人を連れて遊園地のプールで泳いだものだ。いまはバラ園になっている。わたしは子どもに言ったものだ。「おまえたちはプールで泳ぎを覚えた。俺は玄界灘で泳ぎを覚えたのだぞ」。ま、玄界灘といっても星鹿《ほしか》にある津崎の灯台下の磯ではあるが。わたしは、潜ってサザエを取るのがうまかった。

若い人は阿佐田哲也という小説家をご存じだろうか。本名は色川武大《いろかわたけひろ》で、この名義で多くの小説を発表し多数の賞を受賞している。「雀聖《じゃんせい》」というニックネームもある。この人の代表作『麻雀放浪記』がやたらと面白い。わたしに『麻雀放浪記』が面白いと薦めてくれたのは俳優の風間杜夫である。もう、四十年近く前の話である。

我々はよく麻雀を打った。風間杜夫も大竹まことも売れる前で、暇を持て余していた。その席で風間杜夫が「阿佐田哲也の麻雀小説はいい」と薦めてくれたのである。風間杜夫はまだ結婚前で、好きな人の親に「この男は売れますから結婚させてください」と熱海まで泊まりがけ

風間杜夫氏は大竹まこと氏などと共に若かりし頃からの演劇仲間

で交渉をしに行くなどした。わたしもまだ売れていない時代である。ビール瓶ひとケースを飲んでの交渉である。

しかし、三カ月後には風間杜夫は売れたのである。あれよあれよである。まれにこんなケースがある世界である。『麻雀放浪記』も読んだ。これは麻雀小説というよりは戦後大衆史として優れた小説であった。「あンたは健と五分につきあおうと思った。でもこの世界の人間関係には、ボスと、奴隷と、敵と、このみっつしかないのよ」(麻雀放浪記)。殺伐としたセリフではあるが、考えさせられた。

これも三十年くらい前になるが、新宿のゴールデン街で偶然に阿佐田哲也氏と隣り合わせになったことがある。「アンダンテ」というスタンドバーであった。緊張した。阿佐田哲也氏が一人であったか数人であったかも忘れた。わたしはコースターを裏返しにして「なにか書いていただけませんか」とずうずうしくもお願いした。

(二〇一七年四月一日)

武蔵も臆病だった

阿佐田哲也さんは嫌な顔ひとつせず「テンホウ　大勝利　阿佐田哲也　岡部耕大さんへ　55・7・2　アンダンテにて」と書いてくれた。わたしはまだ名乗っていなかった。阿佐田さんはわたしを知ってくれていたのである。さすがは「雀聖《じゃんせい》」である。岸田戯曲賞をもらったばかりではなかったか。そのコースターはいまも額に入れて飾ってある。

ゴールデン街ではいろいろな著名人に会ったが、阿佐田さんほど緊張した人はいなかった。ゆるりとしている。構えがなくて殺気がない。『麻雀放浪記』では主人公の坊や哲が女に「臆病ね」とからかわれる。「ああ。だがね、博打《ばくち》は結局、臆病な奴でなけりゃ勝てないんだ」。これに似た人物をどこかで知っているような気がした。

ある日、麻雀を打ちながら「あっ」と思った。宮本武蔵だ。一乗寺下り松の決闘、巌流島の決闘。宮本武蔵も臆病者であった。「なんですか」と風間杜夫がいった。「だから、阿佐田哲也は宮本武蔵なんだよ」。「また、またあ」と大竹まことがいった。大竹まことはわたしが阿佐田さんと会ったことも信じなかった。うたぐり深い奴だ。だが、テレビでの大竹まことのうたぐりは当たっているケースが多い。もう、麻雀もしなくなった。あの頃の仲間が四人そろうことはないのかもしれない。「アンダンテ」というバーは、まだゴールデン街にあるのだろうか。遠くなってしまった。

この海をおまえも見たか山頭火　遊園

これは松浦の海を見ながらひねった俳句である。季語がないが、山頭火は秋の季語であると勝手に決めている。俳人種田山頭火は山口県防府《ほうふ》の大地主の家に生まれた。父が愛人を持ち、芸者遊びに夢中になり、これに苦しんだ母は井戸に身を投げた。熊本の元妻の家に居候をした山頭火は、市電の前に立ちはだかって急停車させる事件を起こす。生活苦による自殺未遂といわれている。

「分け入っても分け入っても青い山」。法衣と笠をまとい鉄鉢を持って放浪する山頭火。行乞《ぎょうこつ》である。「焼き捨てて日記の灰のこれだけか」。山頭火の酒豪ぶりは半端ではなかったらしい。泥酔への過程は「まず、ほろほろ、それからふらふら、そしてぐでぐで、ごろごろ、ぼろぼろ、どろどろ」。どんな肝臓をしているのか。「肉体に酒、心に句、酒は肉体の句で、句は心の酒だ」とも語っている。「笠にとんぼをとまらせてあるく」「墓がならんでそこまで波がおしよせて」。

わたしの叔父の勝山祝賀二郎も俳句をやっていた。「シュカジロウ」と読む。茶歩が俳号であった。「チャポや」といって叱られた。「サホ」と読むそうである。叔父は旧満州へ渡り「満鉄」に勤めていたのとアカシアの大連の風景が自慢であった。特急「あじあ」の話もよくしていた。

（二〇一七年四月八日）

大ぼら得意の叔父

大連駅からハルビン駅まで運行していた特急列車である。叔父は物事を大げさに語る傾向があった。「万里の長城で、降ってくる雹《ひょう》を片手で払いのけながら酒を飲んだ」ともいっていた。馬賊《ばぞく》とも大立ち回りをしたそうである。なんにつけ大ぼらが得意の人であった。

あの時代「引き揚げ者」という言葉があった。「あの人は引き揚げ者たい」とどこか軽蔑を含んだ言葉であった。大陸から引き揚げて来た人も、日本しか知らない人をどこかで軽蔑していた節があった。満蒙《まんもう》開拓は国策であった。「ぼくも行くから君も行け、狭い日本にゃ住み飽きた」。こんな歌まであった。

叔父は普段はおとなしかった。酒が入ると大ぼらが始まるのである。引き揚げでは散々な目に遭ったはずだが、それは頑として語らなかった。叔母は母に引き揚げの悲惨さを笑いながら語っていた。どうも、男よりは女の方が野太いようである。過去を笑い話にする。男は、過去を引きずり生きて死ぬ。「同床異夢」という言葉もある。男と女が見る夢は、同じ寝床にいてもまったく違うらしい。

叔父は母の弟である。よく口喧嘩《くちげんか》をしていた。母は「兄弟は仲良く」とわたしに説教をしたが「わがたちはや」と口答えすると苦笑いしていた。わたしの好きな星鹿の祖母は叔父を溺愛していた。家を出ていかざるを得なかった次男坊への申し訳のなさもあったのかもしれない。引き揚げた叔父は市役所に勤めていた。「課長が年下であるのが不満である」と酔うとこぼしていた。年下の課長もさぞ不満だったはずである。コネとコネのぶつかり合い。

星鹿《ほしか》の家を訪ねた叔父を、祖母は大きな木の火鉢のやかんでお燗《かん》し、とっくりの酒を酌していた。わたしは二人に通う情に子ども心にも嫉妬したものである。わたしが松浦を離れる前日、叔父の家にあいさつに行った。二人で酒一升を軽くあけた。わたしは酒の強さを知った。DNA、サラブレッドであった。叔父は「蕨《わらび》燃ゆ　汽車の速さといずれかも」の句をくれた。名句だといまでも思う。山頭火も叔父ももういない。日本から個性派がいなくなった。個性派のことはいずれ書く日がある。

小学校で英語を教科に格上げするそうである。英語重視の改革が日本人の創造性を失わせてしまう懸念があるとの意見がある。小学校での英語重視は、日本語能力の習得を犠牲にすることにはならないかという意見である。「まず日本語で考えるトレーニングをある程度のレベルまで受けて、それから英語で考えることを学ばないと、年齢に相応した深い思考ができる言語能力は、身につきにくい」というのである。人は言語で考える。

（二〇一七年四月十五日）

岡本太郎の姿見た

英語だけでなく日本語で考えることが、新しい発想や見方に役に立つ。「世界に通用する英語能力獲得には、日本語能力の充実を前提に、高等教育での英語の授業の時間増しと質の向上。論理的な思考や議論の訓練、異文化理解を深めることが効果的で本質的だと思う」。これは二〇一六年九月十六日に朝日新聞に掲載された金木正夫氏の意見である。肩書は大学准教授とある。米国在住である。結びは、「深く学んで世界に貢献するためにも、まずは日本語能力を磨くことを勧めます」とある。わたしも同意見である。わたしの場合、前にも書いた池田喜美子先生とのふれあいがなによりであった。国語の授業を通じての情操教育であった。松浦市の民話ミュージカルもそれであったと自負している。

見知らぬ女が　ふと振り返る残暑たそがれ　遊園

たそがれとは「たれぞ彼」の意味らしい。たそがれの時代があった。戦争時代である。村の人も学校の先生も教え子や村人が戦争で死ぬと祝った時代である。親も日の丸の旗のちょうちん行列で子どもを戦場に送った。親の本音はいかばかりであったか。あの時代に戻ることだけは反対である。

わたしの家は小田急線の向ケ丘遊園駅近くにある。平成二十二（二〇一〇）年は暑い夏だった。クーラーを付けて寝た。朝、四時半ごろに自然の風を入れるべく窓を開けた。わたしの寝室の山ひとつ向こうに「川崎市岡本太郎美術館」がある。布団の傍らに目をやると、小柄な影のような人がうずくまっていた。「だれ」「俺だよ」「俺」「岡本太郎だよ」「岡本太郎」「俺を書かないのか」。寝ぼけていたのかもしれない。「川崎市岡本太郎美術館」を訪れるまで、その年が生誕一〇〇歳とは知らなかった。嘘みたいな事実である。「嘘でしょう」と笑う人もいた。嘘といわれても仕方がない仕事をしている。劇作家である。劇作家とおおかみ少年は似ている。常日頃、嘘ばかり書いているといざとなった時に困る。嘘をドラマという。

それから「太陽の塔」を書き始めた。本が佳境に入った頃に東日本大震災に遭遇した。大きく揺れるテレビ画面、すべてをのみ込んでいく巨大な津波、そして安全神話が崩れた原発。衝撃に襲われつつ本を書いた。ここでストップすれば、もう書けないことは長い経験で知っていた。だから、平成二十三年の三月十二日と十三日の朝刊と夕刊は読まずじまいで永久保存版とした。読めば書けなくなるのは分かっていた。

昭和四十五（一九七〇）年、「太陽の塔」の大阪万博の年に、わたしは劇団「空間演技」を結成している。岡本一平、かの子、太郎の親子関係にはすごいものがある。子供時代、太郎はすでに海外と行ったり来たりをしている。

（二〇一七年四月二十二日）

七十過ぎて子ども扱い

小学校での英語重視の記事を読むたびに、わたしは岡本太郎を思い浮かべる。太郎の絵は、とうとう好きになれなかった。昨年秋（平成二十八九月二十六日）「平田昌子姉さんが亡くなったとですよ」と松浦の旅館鶴屋の女将《おかみ》から電話があった。鶴屋の女将の松浦弁は完璧な松浦っ子の言葉である。

鶴屋とは遠い親戚である。昌子姉さんは星鹿の祖母の家に預けられていた時期があった。昔、子だくさんの家は親戚に子どもを預けたものである。わたしが生まれた日、わたしの顔をのぞいた昌子姉さんは「こぎゃん子はいらん」と言ったそうである。わたしは生まれたての猿みたいな顔をしていたそうだ。

恥と書いて恥と読む　恥かきっ子恥をかきかき　恥を書く　遊園

昔、松浦市志佐町には「平田醬油屋」があった。創業は明治よりも昔であるらしい。看板も古く、威厳すらあった。由緒ある旧家である。昌子姉さんも和子姉さんもこの家で生まれている。昌子姉さんは家へのこだわりがある人であったのではないか。星鹿《ほしか》の祖母キヨは、平田醬油屋のおばあさんとは姉妹である。醬油屋のおばあさんは美形の人であった。「おばばしゃま」である。どっちが姉だか妹だかは忘れた。二人とも口は悪かった。昌子姉さんは憧れの和子姉さんの姉である。「もう、八十四歳までも生きたとけん、手術はせんでよか」ともいったそうである。いかにも昌子姉さんらしい。

いざとなると松浦は遠い。我が家の仏壇でご冥福を祈るばかりである。この「韋駄天《いだてん》の記」もよく読んでくれていて「耕大ちゃん、あんた文章の上手になったねえ」と褒《ほ》めてくれた。七十も過ぎた物書きに文章が上手いもないもんだが、いつまでも子ども扱いであった。読書家であった。電話をすると「和子には電話したとね」が口癖であった。してるに決まっている。「賑」の書を贈呈したら、額に入れて玄関に飾ってくれていた。いま、あの世は賑《にぎ》わっているのかもしれない。よく笑う人だった。わたしは、もっとあなたに褒められたかった。

わたしが松浦を離れた昭和三十九年は「東京オリンピック」の年であった。円谷幸吉《つぶらやこうきち》とヒートリーのデッドヒート、エチオピアのアベベの二連勝。体操はチェコのチャスラフスカ、柔道は無差別級優勝のアントン・ヘーシンクが話題になった。そして「東京オリンピックはこの日に始まってこの日に終わる」とまでいわれた鬼の大松博文監督率いる日本女子バレーボールが宿敵ソ連を下し、初の栄冠に輝いた。テレビの視聴率は八五パーセントに達したといわれている。「東洋の魔女」である。

（二〇一七年四月二十九日）

書けぬ裏話も本に

「東洋の魔女」を率いた鬼の大松はハナ肇《はじめ》の主役で映画にもなった。ただ、ハナ肇は太り過ぎていて、鬼の大松の精悍《せいかん》さには遠かった記憶がある。「俺についてこい」の大松の言葉は有名である。また「根性」という言葉も流行《はや》った。日本を占領した連合国軍の最高司令官マッカーサーが八十四歳で死去した年である。坂本九の「上を向いて歩こう」がアメリカで「スキヤキ」という名前を付けて一〇〇万枚売れた年でもある。

「東洋の魔女」の主将だった河西昌枝さんは向ケ丘遊園に住んでいらした。時折、駅ですれ違ったが、わたしと目が合うと微笑まれた。わたしも「東洋の魔女」に会釈をした。たったそれだけのことである。しかし、わたしを感動させた「東洋の魔女」が身近に住んでいらっしゃるのがうれしかった。

向ケ丘遊園にはいろいろな人が住んでいる。行きつけの床屋にある鏡の前に巨人軍の選手の色紙が飾ってあるのにも驚いた。「この選手、来るんですか」「ああ、常連ですよ」。床屋の親父《おやじ》は得意気であった。近くに巨人軍の合宿所がある。いまも昔も床屋の親父は情報通である。いろいろな人のいろいろな裏話を聞いた。ここで書きたいが、書けない裏話ばかりである。

しかし、脚本家はなにかの本に裏話の人をその人とはわからないように登場させるものである。わたしも子どもの頃に聞いた親戚の叔母さんと母のひそひそ話を、作品の人物にその人とはわからないように投影させたものである。だが、そのモデルとなった人が読めば「わたしだ」とわかるそうである。いまは散髪も電気バリカンで家内にやってもらっている。床屋まで行くのが面倒くさい。あの色紙はまだ飾ってあるのか。

巨人軍もすっかり若返りしてしまった。選手の名前すらわからない。高橋由伸監督がわたしの舞台を観に来ていた時期がある。まだ学生であった。「へえ、わたしの演劇が好きなんだ」と喜んだが、なんのことはない、仲のいい女優さんがいただけであった。「野球はやってますか」と聞くと「はい」とだけ答えた。愚問だった。ただ、直立不動だったのがスポーツ選手らしかった。大学の後輩でもある。

河西昌枝さんを駅でお見掛けしなくて久しくなった。「どうされたのか」といぶかしがっていたら「平成二十五（二〇一三）年十月三日に脳出血で死去された」とゴシップ好きの劇団員が教えてくれた。河西昌枝さんは、目を覆うような苛烈《かれつ》な練習が続いた日々の中、結婚を先延ばしした鬼の大松へのささやかな抵抗として、爪を伸ばしていたそうである。三年先、また「東京オリンピック」だそうである。どんな東洋の鬼や魔女が出現するのだろうか。やっぱり、二位ではいけないのか。もう「根性」だけで勝てる時代ではない。

（二〇一七年五月二十日）

長男は知覧生まれ

わたしには三人の子どもがいる。長女と長男と次男である。
長女は民子と命名した。「民さんは野菊のような人だね」。伊藤左千夫の「野菊の墓」の民子である。四十を過ぎてもまだ独身で、わたしから結婚をせかされるのを嫌がり、あまり我が家にも寄り付かない。いろいろな理由で、独身の女性が多くなっていると週刊誌で読んだ記憶がある。民子は世田谷の笹塚で生まれた。毎日、民子を見に頻繁に病院に通うわたしを看護師さんが笑っていた。

長男の大吾は鹿児島の知覧で生まれた。わたしが劇団青俳で作・演出「牙よ　ただ一撃の非情を生きよ」の稽古をしている時であり、知覧には帰れなかった。家内の実家は知覧から峠をひとつ越えた里である。いまは亡き義母が民子の手を引いて、峠を越えて病院へ通ったそうである。すでに義母は連れ合いを亡くしていた。初めて家内の里を尋ねたのは四十余年前である。鹿児島市での仕事のついでであった。ぬいぐるみの児童劇の裏方をやっていた。仲間には柄本明や本田博太郎がいた。

わたしは「帰りゃんせ」という歌が好きである。「おうちがだんだん遠くなる　今来たこの道帰りゃんせ」。父は「叱られて」という歌をよく口ずさんでいた。「叱られて叱られて　あの子は町までお使いに」。よっぽどの思い出のある歌だったのだろう。「夕べ寂しい村はずれ　こんと狐《きつね》が鳴きゃせぬか」。父のこの歌を聞くと、父の実家のある隠岐《おき》の村の風景を思い出したものである。父は、なにも語らなかったが語らなかったからこそ、望郷の念の強さを知った。

隠岐の島の、代々の岡部の墓の写真は我が家の仏壇に飾ってある。家内は「知覧からタクシーに乗って、峠を越えたらクラクションを鳴らせ」といった。いわれた通りにすると、綿入れを羽織った家内がちょうちんをかざして駆け付けた。鹿児島で酒といえば焼酎である。その夜は芋焼酎白波をあおって寝た。まだ白波しかなかった。

朝、台所の方から義母と家内の声がした。「オカべばつぶしてくいやい」。驚いた。わたしは殺されるのか。鹿児島では豆腐をオカべという。なんでも、岡部という侍が鹿児島に豆腐をもたらしたらしい。白い「お壁」の意味ともいわれる。

それから二十年が過ぎた。義母の家は「今年の梅雨で壊れる」といわれるまでに荒れていた。座敷まで靴のままで上がる状態であった。すでに義母は施設に入院をしていた。再生しようと決めた。大吾が生まれた土地であるし、わたしも好きな知覧であった。特攻観音や武家屋敷はまだ有名ではなかったが、知覧の川に流れる鯉《こい》の群れや清潔な町並みが好きであった。

（二〇一七年五月二十七日）

古民家再生に十年

あっちに十万、こっちに二十万と小遣いをためては知覧の家を直した。十年越しである。知覧の建設会社や大工の棟梁《とうりょう》、その仲間たちが手弁当で協力してくれた。仏壇も直した。知覧の隣町川辺は仏壇の町であった。軒並み仏壇屋である。まだ古民家再生は流行《はや》ってはいなかった。わたしは古民家再生の奔《はし》りであった。病院から帰った義母の喜ばんことか。義母の葬式も家から送った。

伊万里《いまり》の渚窯で焼いた陶器や対の鬼の面が家を飾った。知覧の人はわたしの趣味を知っていて囲炉裏《いろり》を造ってくれた。自在かぎは神奈川のわたしの家から運んだ。趣味で自在かぎを集めていた。義母の妹にあたる叔母さんもあれやこれやと手伝ってくれた。この叔母は特攻隊を見送った女学生「知覧なでしこ隊」の一人であった。舞台の材料になる話をいっぱい聞いた。その叔母さんも去年の八月に亡くなった。

去年の八月は執筆やら映画の準備と多忙で、松浦にも知覧にも帰れなかった。長男の大吾と仲間の家族が知覧に帰った。東京から車だそうである。大阪からはフェリーで、志布志《しぶし》港から知覧まで車を飛ばす。桜島や池田湖の大ウナギを見物して知覧へ入る。池田湖にはイッシー伝説がある。ネス湖のネッシー伝説に似ていて、実際にイッシーに遭遇した人はいない。

「わたしは神を信じない。しかし、神の神は信じる」。これも西部劇の台詞だったか。黒澤明監督の「七人の侍」も西部劇になった。「荒野の七人」である。ただ、まったく違った。「荒野の七人」はいったんは逃げる。「荒野の七人」には侍の情がなかった。侍の情とは「自己を犠牲にしても守るべきものがある」ということである。守るべきものとは土着の民である。国ではない。無告の民ともいう。土着は七人の侍の憧れであった。「七人の侍」の作者や監督は戦争を知っていたのである。

大吾や仲間の家族は、家の掃除や庭の草取りをしてくれる。草取りはひと仕事である。草の根一本ないまでに草取りをして帰るが、しばらくして訪ねてみれば草ぼうぼうである。「雑草のごとく」といった言葉があるが、確かに雑草は根強い。

知覧の家の古民家再生もやっと完了して、知覧の人と囲炉裏で焼酎を飲んでいた。知覧は夏でも焼酎はお湯割りで飲む。「ああ、庭のあそこには井戸があったど」。「なんだ」である。神は、怒ると火の神よりも水の神が怖いという。すぐにふさいである井戸を開けた。しかし、その井戸でスイカを丸ごと冷やして食うのはぜいたくの極みである。「サザエさん」にも一家でスイカに包丁を入れるシーンがあった。家族円満の象徴なのである。

（二〇一七年六月三日）

人は思い違いする

焼酎の肴《さかな》はキビナゴである。キビナゴは錦江湾《きんこうわん》で取れる。知覧からは開聞岳《かいもんだけ》を望むことができる。陸軍特攻隊は知覧基地から開聞岳を越えて、沖縄へ飛んで行ったそうである。桜の小枝を激しく打ち振って、それを見送ったのが「知覧なでしこ隊」の女学生である。知覧には少年兵が寝泊まりした三角宿舎が残っている。「俺が死んだら蛍になって帰って来る」というエピソードは有名である。実際に、特攻隊が泊まった富屋《とみや》旅館には蛍が一匹飛んで来て、どこかへ消えたそうである。

わたしが知覧を訪ねた四十余年前には知覧には刺し身がなかった。すぐそこが枕崎でカツオが豊富であるはずだが、口にした記憶がない。松浦は海のにおいがする町である。知覧は川のコケのにおいがする。コケのにおいはアユのにおいである。開聞岳の麓にアユの塩焼きと流しそうめんの唐船峡《とうせんきょう》がある。一度行ってみるのはいい。しかし、知覧の家の庭で、七輪でアユを焼き、井戸の水ですすいで食うそうめんにはかなわない。

夜は満天の星である。ござを敷いてごろ寝をして仰ぐ星座は空想をかきたてる。頻繁に流れ星である。いまは枕崎も車ですぐそこである。知覧の人にカツオを食いに連れて行ってもらったが、なんとなく松浦の風景と似ていた。海と漁船と魚のにおいである。

わたしが知覧に帰ったことを知った知覧の友人や親戚は夜になると集まってくれる。焼酎一升瓶二本縛りを下げて持って来る人、名物の地鶏の刺し身を持って来る人、枕崎のカツオやキビナゴの刺し身を持って来る人、みんな申し合わせたように別々の品を持って来る。

わたしは、この酒席で、わたしの氏素性《うじすじょう》のすべて語ったつもりである。理解してもらえたか否かはわからない。わたしは己の氏素性を語りたがらないインテリを知っている。教養のないインテリである。氏素性を語らない男が罪を犯す。松本清張の小説もそれである。映画には「白い巨塔」がある。原作は山崎豊子である。主役の田宮二郎の教養のないインテリはすごい演技だった。田宮二郎も虚実併せ持った人だったのかもしれない。ある種の天才である。

知覧の酒盛りに演劇論はない。知覧の人は、わたしに聞かれるとまずい話になるとすぐに知覧弁になる。まったくわからない。大吾と仲間の家族も大歓迎を受けたそうである。大吾も知覧の人になる日が来るのか。嫁は知覧の人か。すると披露宴は知覧になるのか。知覧には「からん団子」という団子がある。「病気にかからん団子」と解釈していたが、薩摩半島や種子島の「かからん」の葉でつくられた草餅らしい。知らなかった。人は思い違いや勘違いをして生きている。

（二〇一七年六月十日）

知覧には居着かず

知覧には「あくまき」もある。ちまきである。四十余年前、知覧の家の庭にはかまどがあった。薪をくべてタケノコやちまきを茹《ゆ》でるのである。義母はよくそばを湯がいてくれた。土地の畑で採れたそば粉をこねて、包丁で丁寧に細く切り、かまどで湯がくのである。だしは枕崎のかつお節を削り器で削る。この役目はわたしであった。湯がきたてのそばに枕崎のかつお節のだしである。まずいわけがない。朝昼晩、三日も四日も食ったが飽きなかった。

どうも、義母はわたしを知覧に居着かせようとした節がある。タケノコとシイタケ、地元の野菜やこんにゃくの煮しめもうまかった。義母は「明日食っても、こんにゃく」といったダジャレもいった。言い慣れた口ぶりであった。いまは親戚の塗木《ぬるき》博人さんがそばを打ってくれる。お会いした時には青年であったが、もう役場も定年退職だそうである。頭髪には白いものも交じっている。

義母が亡くなった日、わたしは病気で入院していた。家内だけが先に知覧に帰った。わたしの表情で察した医者は「もう、いつ退院しても大丈夫です」と言ってくれた。一人で鹿児島空港へ向かった。鹿児島空港まで迎えに来てくれたのも塗木博人さんである。知覧には塗木という地名がある。その集落の人たちは塗木の姓を名乗る。今年亡くなった義母の妹の息子である。

博人さんの家で、義母の妹の位牌《いはい》を拝んだのは、ちょうど知覧に帰っていた息子の大吾である。因縁を感じる。

いまは庭のかまどもない。かまどは穴が開いてぼろぼろになっていた。かまどは役目を果したのである。だれかが持ち去った。わたしも知覧に居着くことはなかった。やはり、松浦っ子であった。しかし、晩年は居着くことになるのかもしれない。あっ、もう晩年か。

家内の里は松浦の上志佐によく似ている。上志佐の川もコケとアユのにおいがする。上志佐の家庭料理も家内の里に似ている味がする。いまはどこの料理も同じ味になってしまった。スーパーには全国から集めた食品がある。ただ、かからん団子とちまきは知覧のスーパーにしかない。

わたしは知覧に着くと、まずスーパーで「キビナゴ」と「かからん団子」と「ちまき」を買い求める。かからん団子とちまきは仏壇へのお供えである。キビナゴは家内がうまくさばいて刺し身にしてくれる。夜になるとキビナゴの刺し身と煮しめで酒盛りである。キビナゴはぬたで食う。

わたしは一時期、知覧と松浦の交流を真剣に考えたことがあった。松浦党の話も酒席で語った。知覧の人はあまり乗り気ではなかった。それはそうだ、知覧には全国から人が集まる。

（二〇一七年六月十七日）

知覧娘は我慢強い

盆にはねぷたが知覧の町を練り歩く。青森の子どもは知覧にホームステイをするらしい。知覧の二日市でりんごを売っていたのには驚いた。「青森の人じゃっど」。建築業の射手園武也《いてぞのたけや》さんが教えてくれた。イテゾノと読む。知覧の家の古民家再生をしてくれたのがこの人である。塗木博人さんの紹介であった。この人は時間にはルーズであった。知覧には薩摩藩の出城があったそうである。その跡は怖いぐらいに寂しい。

東京に遊びに来ていた射手園さんを、我が家の食事に誘ったことがある。長男大吾も次男源紀も駆けつけてくれた。約束の時間が過ぎても、射手園さんはなかなかやって来ない。四時間が過ぎたころに、にこにこ笑いながらやって来た。屈託がないのである。わたしも文句を言うのを諦めた。

古民家再生の時もそうであった。電話をすると「すぐにやりますから」というが二、三カ月過ぎてもやっていない。知覧でも有名らしい。あっちこっちに迷惑を掛けているらしい。人がいいから、あっちにもこっちにも約束をしてしまう。そして、にっちもさっちもいかなくなる。「あいつに言ってもしょうがない」。しかし、だれもが悪くは言わない。人柄なのである。許せないが許している。そんな人間はどこの世界にもいる。

射手園さんには車でいろいろな土地を案内してもらった。池田湖、指宿《いぶすき》、霧島、桜島。義母が入院をしていた指宿の病院にも連れて行ってもらった。娘の由《ゆう》ちゃんは父親っ子で、いつもちょこちょこと射手園さんの後ろにくっついていた。時間の関係で昼食を抜くこともあった。由ちゃんは決して「おなかがすいた」とは言わなかった。そういうしつけなのかと考えたが、そうでもないらしい。

わたしは義母の病室へは入らなかった。由ちゃんたちと廊下で待っていた。家内は病室で長話をしていた。由ちゃんは、退屈していただろうに、にこにこと笑っているだけであった。病室から義母がのぞいた。わたしを見ると満足したようにうなずいていた。わたしは笑って会釈をしただけであった。それでよかった。すべては理解しあったような気がした。

帰りの車の中でも由ちゃんはにこにこと黙っていた。やっと、うどん屋で食事となった。由ちゃんはうどんをお父さんから分けてもらうと、少しずつ箸を付けていた。「母親似じゃっど」。射手園さんが照れくさそうに言った。

我慢強いのは知覧娘の特徴らしい。家内もそんな娘だった、と亡くなった義母の妹の叔母さんから聞いたことがあった。由ちゃんが薩南工業高校時代、薩南工業高校から講演を依頼されたことがある。PTA会長が射手園さんだった。なんだか、知覧に根付いたようで涙が流れた。

（二〇一七年六月二十四日）

男の顔は履歴書だ

建築業の射手園武也《いてぞのたけや》さんの娘、由《ゆう》ちゃんも、すっかり大人になってしまった。近頃は、恥ずかしがって知覧の我が家にも訪ねて来なくなった。鹿児島市まで、よく遊びに行っているらしい。そうだった、家内の娘時代にも鹿児島市まで映画を観に行ったと言っていた。日活映画らしい。あの時代は裕次郎と旭、赤木圭一郎が総天然色カラー、シネマスコープで日本中を席巻していた。

鹿児島県伊佐市は、鹿児島県北部に位置する市である。「東洋のナイアガラ」といわれる壮大な滝がある。伊佐米や世界でも有数の高品位を誇る金の鉱山も所在する。芋焼酎伊佐美は人気がある。北側は熊本県、東側は宮崎県と接し、川内川《せんだい》が市を横断する。一月の平均気温は四・四度で盆地の京都市よりも寒い。平成二十八（二〇一六）年一月二十五日には九州の最低気温となる氷点下一五・二度を記録した。

その伊佐市で「長崎の鐘」の公演をしたことがある。六年前である。春の公演予定が東日本大震災で秋に延期になった。平和首長会議に加入したことを記念した隈元新《くまもとあらた》市長の肝煎《きもい》りであった。偶然に訪ねた市長室での口約束であった。

伊佐で驚いたのは松浦の知人尾崎智さんとお会いしたことである。尾崎さんとは「東京松浦会」でよく会っていた。松浦市御厨《みくりや》町の人である。伊佐市は奥様の里だそうである。その夜の宴席には尾崎さんが大量の松浦のスボかまぼこを持ち込んだ。伊佐の人は珍しそうに一人一個ずつポケットに入れて持ち帰っていた。

食事に呼ばれてお宅にもおじゃましたが、庭には立派な庭石が重なるように置いてあり、目を奪われた。やはり、晩年は妻の里で暮らすのが理想なのか。しかし、この日のためにわざわざ松浦からスボかまぼこを取り寄せるとは、いかにも尾崎さんらしい。伊佐市ではいろいろな世話役をやっていて、すっかり伊佐の顔役であった。

なぜ、わたしが伊佐市を訪ね、隈元新市長《くまもとしん》とまでお会いできるまでになったのか。その筋道を付けてくれたのが林隆秀さんである。林さんとは、ある人の紹介で演劇を通じて知り合った。本業は林建設という建設業らしい。しかし、林さんは建設業の人らしい顔ではなかった。どちらかというと、わたしの世界にいる映画監督や俳優の顔であった。人は職業で顔が違ってくるのかもしれない。

朝夕、海で朝日と夕日を拝み、潮騒を浴びる漁師は赤銅色の漁師の顔になる。田を耕し、秋の収穫を待つ農家の人は粘り強いほほ笑みのある顔になる。撮影所を歩いていると、スタッフかキャストかはすぐにわかる。作家、劇作家、新聞記者、政治家、男の顔は履歴書なのである。

（二〇一七年七月一日）

感激屋の社長の涙

林建設の林隆秀社長と建設の話はしたことがない。映画や演劇にとても長《た》けている人で、話が弾む。東京にも滞在される日は多く、わたしの演劇も観に来てくれる。松浦にも来てくれた。「いま日本で最高峰の演劇は岡部演劇です」とまで言ってくれる。いっぱいの演劇を観て歩く人の言葉である。うれしくないわけがない。二人とも食い道楽でカラオケ道楽である。趣味も一緒なのである。

娘さんの鹿児島市での結婚式にはわたしも列席させていただいた。城山観光ホテルである。城山観光ホテルは西郷隆盛が自刃をして果てたと言われる洞のすぐ近くにある。鹿児島市や伊佐市の重要人物といわれる人はすべて列席していたのではないか。「泣くなよ」と言ったら「泣くもんですか」と強がっていた。わたしとは十歳の年の差がある。しかし、式の最後のあいさつでは泣いていた。あれ程の感激屋で娘思いである。泣かないはずがない。うれしかった。また林さんを好きになった。

伊佐公演「長崎の鐘」の立役者であるが、表面に出ることは嫌っていた。伊佐の旅館は離れに露天風呂があり、囲炉裏《いろり》の部屋も離れにあった。若い男優たちは「女風呂がのぞける」と騒いでいたが、男優が起きている時間には女優はだれも入らなかった。囲炉裏でアユやイノシシの肉、土地の野菜を肴《さかな》に飲むだけ飲んで、若い男優が寝静まった時間を見計らって入ったらしい。「わたしをのぞくと高いわよ」とたんかを切った女優もいた。旅公演の一興であった。

伊佐で知り合ったのが西直樹さんである。西さんは市役所に勤めながら先代から引き継いだ寺の住職もやっている。いまは伊佐ＰＲ課長らしい。知覧の家の仏壇も拝んでもらった。伊佐から知覧までは優に車で四時間はかかる。山また山、野原や川を越えて、嫌がらずに知覧まで来てくれたのである。知覧の家の屋根裏で僧衣に着替え、気持ちを込めて拝んでくれた。

その日の家内の料理は煮しめと、松浦から持ってきた母の形見だった押しずしの器でつくった押しずし、それと伊万里《いまり》の大川内《おおかわち》山の里で買い求めた器で作った茶わん蒸しであった。伊万里、大川内山の「寛右エ門窯《かんえもん》」が特別にあつらえてくれた器である。「寛右エ門窯」には、星鹿の小学校の同級生の妹が嫁いでいた。浦の朝子ちゃんである。いまは窯主の妻、瀬戸口朝子さんである。

押しずしは知覧の人にも振る舞った。評判がよく、知覧に帰るたびに「あの寿司を食いたい」とリクエストがある。押しずしは祭りか祝い事がないとつくらないと説明するが、なかなか納得してもらえない。

（二〇一七年七月八日）

理想とは違う晩年

わたしの理想の晩年は松浦へ帰り「晴耕雨読」をすることであった。職業柄、本は書斎に山ほど積んである。「積読《つんどく》」とは書物を買って積んでおくだけで読まないことをいう。わたしは積読ではない。積読だけではもったいない。その時代その時代に読んだ本ばかりである。本の題名を読んだだけで内容がわかる。

仕事関係で読まざるを得なくて読んだ本もある。山本周五郎や松本清張の全集はもちろんある。高木彬光《たかぎあきみつ》の「成吉思汗《ジンギスカン》の秘密」もある。チンギスハンは源義経であったという説である。高校時代の夏休み、わたしは夢中になってこの本を読んだ。それがまだ残っていて書斎にある。荒唐無稽であるとは知りつつも、興味を覚えたのは確かである。「裏切りに泣くな義経　地を蹴るのだ　おまえはチンギスハンなのだ」。こんなキャッチコピーを考えた。山本周五郎や松本清張は、その小説も面白いが二人の複雑な一代記が心を打つ。それらをすべて松浦で読み返して晩年を過ごしたい。

しかし、もう、晩年である。松浦での青春時代のわたしの計画では、この年では世田谷の成城に大邸宅を構えているはずであった。もちろん、妻は和子姉さんである。映画も二、三本は撮っていて、世界に配給される大監督になっていたはずであった。計画通りにいく人生などあるはずもない。いや、計画通りに人生を過ごした人もいるのかもしれない。人の人生を台無しにしてである。ただ、いま松浦に帰っても迷惑を掛けるだけかもしれない。家も墓もない。女房子どもも承知はすまい。やはり、わたしと生まれ故郷松浦とはいまの距離感がいいのかもしれない。

平成十二（二〇〇〇）年、わたしは平戸市となった旧大島村の小浜賢一村長の依頼で大島の歌を作った。鳥羽一郎氏が歌ってくれた。「長崎の果て西の果て　情け咲く港町　連絡船の賑《にぎ》わいは　嫁ぐ人　祝う人　訪ねてすぐに懐かしくなる大島　大島は心という字に似てる島」。大島は平戸港からフェリーですぐである。「長崎の果て西の果て　情けが溢《あふ》れる港町　連絡船の賑わいは　旅の人　島言葉　歩けばすぐに懐かしくなる大島　大島は心という字に似てる島」。確かに大島は心という字に似てる島である。レコーディングには小浜村長も付き合ってくれた。鳥羽一郎氏とスタジオで三人で撮った写真が懐かしい。

なにか連絡したいことがあって小浜村長の家へ電話したことがある。夜であった。しばらく時間を経て、電話口に小浜村長の声がした。「こんな格好で失礼します」。風呂に入っていたのである。ドリフのギャグではない。事実である。しかし、面白過ぎる事実は「うそだあ」と人は笑ってしまう。「事実は小説より奇なり」という言葉もある。小浜村長の大島を思う気持ちには感動した。

（二〇一七年七月十五日）

書を贈る　是か非か

「大島を訪ねなければ訪ねなければ」と思いながら今日に至っている。松浦の同級生の吉本務さんにお願いして大島へ渡れないものか。「大島までもや」といいながらも渡ってくれるはずである。だけど、戻り船は切なくなるかもしれない。「長崎の果て西の果て　人が人知る港町連絡船の賑《にぎ》わいは　巣立つ人　戻る人　離れてすぐに懐かしくなる大島　大島は心という字に似てる島」。

わたしは、時折、書を書く。先日も伊万里の知人へ送る書を書いた。「賑」「地力」「情」といった文字を色紙に書く。書には「無一物処即無尽蔵」を好んで書く。「長崎の鐘」の作者永井隆博士に京都大の恩師が送ったといわれる言葉である。「一夢一徹」も書く。わたしの造語である。大島にも書は差し上げたつもりではあるが、残っているかどうか。

わたしは近所付き合いがない。もう、向ケ丘遊園に引っ越して来て四十年になるが、まったくといっていいほど近所付き合いがない。近所の人も劇作家という職業が理解し難いらしい。昼間っから家や外でチワワのナナしゃんを抱いて、ぶらぶらしているわけだから堅気には見えない。新聞の文化欄に写真入りで掲載されたりすると、ますます普通の人には見えないらしい。

わたしは全共闘世代である。そんなわたしに興味を示してくれたのが近所の山本悟正さんである。ノリマサと読む。長男の大吾と山本さんのご子息一雄くんが近所の道場で剣道をやっていた。小学時代である。

三十数年前、大雪が降った日があった。どこも積もりに積もった雪景色であった。「これがまあ、終《つい》の棲家《すみか》か」。わたしは仕事を中断して、雪見酒としゃれていた。わたしはなにかあるとすぐに酒に結び付ける。隣はまだ空き地であった。いまは立派なマンションが建った。その空き地で雪かきをしている人がいる。「よかったら飲みませんか」と誘ったのが始まりであった。誘いには「待ってました」であった。山本さんは写真家もしていた。つまり、わたしの職業に興味を示す職業だったのである。

酔っぱらっては山本さんのお宅にもおじゃました。襖《ふすま》いっぱいに「無一物処即無尽蔵」や「一夢一徹」を書き殴った記憶がある。「あの襖はどうしました」「張り替えました。でも書は取ってあります」。悪いことをした。書は贈呈していいものか悪いものか、いつも考える。

ある市役所の人がわたしの書が欲しいといった。「いいけど表装はそちらでするんだよ」というと「表装するとには幾らぐらいかかるとですか」と聞く。「さあ、八千円から一万円はするんじゃないの」というと「そんなら、表装してからもらえんですか」としらっといった。このタイプはわたしの脚本のモデルになる。その人とは音信不通である。このタイプは出世はしない。

（二〇一七年七月二十二日）

骨董市の平八郎書

山本悟正《やまもとのりまさ》さんご夫婦は、松浦にも伊万里《いまり》にも知覧にもいらっしゃった。大島にも漁船で案内したはずである。「知覧特攻平和会館」の入り口で山本さんの奥様の文子さんは立ちすくんだまま、中に入らなかったのが印象的であった。知覧の家で囲炉裏《いろり》を囲んだ。山本さんは、それからずっとわたしの劇団の舞台写真やわたしの顔写真を撮ってくれている。近所付き合いはこの人だけである。

「エッセーとは、つまるところ自慢話である」といったのは井上ひさし氏である。皮肉屋の井上ひさしさんらしい言葉である。ま、もう少し自慢話を続けるとするか。

わたしの家の道路一つ隔てた山の向こうには日本民家園がある。岡本太郎美術館や日本民家園をひっくるめて生田《いくた》緑地という。この生田緑地で秋になると多摩区民祭がある。地元の人の舞台公演や出店があるのは、どこの区民祭も同じである。日本民家園では骨董《こっとう》市をやる。わたしは近所付き合いのある山本さんや家内とぶらりと出かけた。

骨董市で目に付いたのが東郷平八郎の書であった。ただの書ではなく、大砲の筒を切り抜きガラスを張った中に書いてある書である。書には「治而不忘乱」と書いてあった。平八郎書の署名もあった。値段を聞くと「五千円」とのことである。慌てて買い求めた。家の蔵の奥から引っ張り出してきたという感じであった。冷静になって、よくよく考えると平八郎の書などあり得ることではないような気もする。

山本さんは「『なんでも鑑定団』で鑑定してもらえばいい」と真顔で言った。鑑定団から依頼があれば鑑定してもらってもいいが、愛想よく「偽物ですね。飾ってお楽しみになればいい」とでもいわれれば、どうすればいいのか。考えてしまう。うたぐり深いのが劇作家である。

今年も多摩区民祭はあるが、その日、わたしは銀座の東宝本社で映画の打ち合わせがある。わたしの作品の映画化する企画が始まってから、よく銀座の東宝本社を訪ねるようになった。ビルの十二階の応接室から銀座を見下ろすと、天守閣の秀吉になった気分になる。すぐに地下鉄で帰るんだけどね。

「ゴジラ」を企画しているころは「今どき、ゴジラがヒットするのか」と関係者は懐疑的であったが、「シン・ゴジラ」がヒットしたいまは威勢がよくなった。まだ、わたしは観ていないからなんとも言えないが「ゴジラ」だって骨董品といえば骨董品である。その骨董品が手を変え品を変えて稼ぎ続けるのである。稀有《けう》なケースといえる。

八月は　心残りの季節かな　遊園

（二〇一七年七月二十九日）

ゴジラ誕生の時代

「ゴジラはどうして東京湾にしか現れないのか」と関係者に質問すると「他の都市ではゴジラが壊すものがないからだ」ということである。なるほど、ゴジラが松浦市に現れたら、市役所をひと足で踏みつぶして博多湾へ向かうだろう。そして、博多を破壊すると、やはり東京湾へ向かうのか。

昔、東宝の特撮怪獣映画に「ラドン」があった。ラドンは西海橋を破壊したし、阿蘇山までも飛んで行ったのではないか。「ラドン」の佐世保の炭鉱住宅の描写はリアルであった。シリーズの後半のゴジラは福岡や阿蘇も破壊したらしいが、残念ながら観ていない。ゴジラは四国には現れていない。ゴジラが恐れるものが四国にはあるのか。

わたしが書きたい脚本に「ゴジラが誕生した日」がある。「初代ゴジラが作られた一九五四年は大空襲や原子爆弾の攻撃により、国土が焦土となった戦争から九年しかたっておらず、さらに南太平洋の水爆実験で被爆した第五福竜丸の悲劇がリアルタイムで重なっていた」。千葉大教授神里達博《かみさとたつひろ》氏が「朝日新聞」で述べた言葉である。

「ゴジラ」は昭和二十（一九五四）年十一月三日に公開された。監督の本多《ほんだ》猪四郎《いしろう》氏は取材で「戦後の暗い社会を尽《ことごと》く破壊、無秩序に陥らせる和製キングゴングを作りたかった」という旨のことを語っている。わたしも「ゴジラが誕生した日」では、その時代の映画関係者のゴジラを誕生させるまでを描きたいが、なにかと難しいのかもしれない。「ゴジラ」が撮影された鳥羽の湾も訪ねたが、「ゴジラはこの海から現れたのか」となんだか懐かしい気になったことを記憶している。

しかし、九歳で観た映画がいまだに鮮明に記憶されているのだから、映画の力はやはりすごい。「いま何時や」「五時ら」。こんなダジャレを言って遊んでいた。近頃、こんな映画があるのだろうか。大ヒットした「君の名は。」も往年の「君の名は」を彷彿《ほうふつ》とさせるが、内容はまったく違うらしい。どうも映画館へ足を運ぶ気になれず、観た人の印象を聞くだけなのでなんとも言えない。

ただ、映画の打ち合わせで話題になるのは「若い人が観るかどうか」である。若い人が見る映画はヒットするそうである。それはそうだ、年寄りは映画館まで足を運ばない。「シン・ゴジラ」はわが家の飲み会でチームの連中が話題にしていたので「観てみるか」と家内と相談したが、そのままになってしまった。ここまで話題になると、今更足を運ぶのも気おくれがする。

感傷に　浸って死ねとセミの声　遊園

（二〇一七年八月五日）

高校の律儀な友人

わたしの伊万里《いまり》高校時代の友人に山口征矢がいる。詳しくは知らないが伊万里市の郊外が生まれ故郷らしい。大学を卒業してからは、細菌だか微生物の研究をしていて、観測船で南極か北極へも研究に行っているらしい。山口征矢は、よく新宿紀伊国屋ホールにわたしの演劇を見に来てくれる。いつも奥方と二人連れである。仲がいい。舞台の初日には終演後に初日乾杯をロビーでする。乾杯には付き合ってくれるが、すぐに帰ってしまう。

伊万里には「トンテントン」というけんか祭りがある。荒御輿《あらみこし》と団車《だんじり》が市内の橋の上で激しくぶつかり合い、川落としをする勇壮な日本三大けんか祭りのひとつである。仕掛け太鼓の三連打が「トンテントン」の名の由来らしい。トンテントンの日には伊万里市内の高校は半ドンになった。半ドンとは半分が休日になる日の意味である。オランダ語のなまりで休日はドンタク。その半分で半ドン。

伊万里市内の同級生は「これからトンテントンば担がんばいかん」と張り切っている。長崎県松浦市からの越境入学者であるわたしは担ぐ資格はない。トンテントンそのものに参加する資格がないのである。伊万里の喧騒《けんそう》を後にして、昼すぎの汽車で寂しく帰ったのを覚えている。わたしの戯曲の第一作は「トンテントン」である。伊万里市の郊外に生まれた山口征矢もそう

伊万里高校時代はバレーボール部で活躍

だったらしく、東京での同窓会の席で意見が一致した。

山口征矢は長く同窓会の幹事をやっていた。律義なのである。頼まれれば嫌とは言えない。山口征矢が幹事をやっている伊万里高校の同窓会には極力参加するようにしていた。演劇は奥方が好きなのかもしれない。わたしの舞台は伊万里や松浦を描いたものが多い。もしかしたら山口征矢はわたしの舞台を通じて、奥方に伊万里や松浦を知ってもらいたいのかもしれない。

伊万里にはカブトガニもいる。生きた化石といわれるカブトガニである。山口征矢は伊万里高校時代、「カブトガニ研究会」に所属していたのではないか。これはまだ本人には確認していない。山口征矢が同窓会の幹事を辞めてからは、わたしも同窓会には出席しなくなった。

しかし、これも面白い話であるが、わたしの後輩の岩橋誠氏が幹事を務めるようになってからは、また、わたしも山口征矢も参加するようになった。岩橋誠氏は伊万里高校の校長をしている時代があって、よくわたしの演劇を伊万里高校で鑑賞してくれた。その恩義がある。夜の飲み会では、下駄を鳴らしてやって来る。二次会のバーやクラブにも下駄である。わたしはこれがうれしかった。「やっぱり、ここは九州の伊万里たい」

夕暮れの　待ち遠しさや初夏の海
行く夏や　佐賀の葉隠忍ぶ恋　　遊園

（二〇一七年八月十九日）

土地の言葉に喜ぶ

東京の同窓会で岩橋誠氏の足元を確認したが、さすがに下駄《げた》ではなかった。靴はぴかぴかに磨き抜かれていた。だれもが、東京にいる間は東京の人なのである。捨てた故郷ではあるが、故郷に帰れる人はうらやましい。

仕事柄、よく地方都市から招かれたり、訪れたりする。ボストンバッグひとつを持って、地方都市へ向かう電車に乗る。わたしは車中で読書をするのが苦手である。集中できない。それでも推理小説を読むことがある。やっと犯人が分かりそうなページまでめくるが、そんな時に限って地方の高校生の群れがどかどかと電車に乗り込んでくる。

彼や彼女らはよくしゃべる。「ああ、俺も高校時代はこんな感じだったのか」と耳を傾ける。たわいない会話である。わたしが知らない歌手の歌の話題やテレビの話題である。この会話が土地の言葉でしゃべっていれば、それだけで嬉しくなってしまう。「この土地は、まだ大丈夫だ」と嬉しくなる。

石川啄木に「ふるさとのなまり懐かし停車場の」という和歌がある。あの感じである。「次は○○駅ですか」とぶしつけに質問をする。「はい、○○駅ですよ」と標準語の答えが返ってくる。方言と標準語を相手によって使い分けるのである。テレビの影響があるのかもしれない。

わたしが東京に出て来た頃は標準語を使うのに往生した。東京駅に迎えに来た人が「荷物を持ちましょうか」と言ってくれた。それに「よかです」と答えると、周囲の人がどっと笑ったのである。好意的な笑いだった。「お上りさん、いらっしゃい」の笑いであった。しばらくは言葉をしゃべるのが怖かった。

故郷の同級生と渋谷のハチ公前で待ち合わせたことがあった。渋谷のハチ公像と有楽町駅は待ち合わせの定番であった。友人と二人で喫茶店へ入った。席を見つけた友人は「ここがいいだよ」と大声で言った。「ここがいいよ」を間違えたのである。「あいが、いいそこ間違いばしよる」。わたしも周囲の人と一緒に笑った。悪いことをした。人は、人の間違いを笑いのネタにする。笑われた人の屈辱感は計り知れない。

東北から来た大学の友人が「東京駅に着いたか、上野駅に着いたかで東京のイメージはまったく違う」と言った。表玄関と裏玄関の違いを言いたかったのか。いまは東北からの電車も東京駅着らしい。どんなにいい地方都市でも最初に会った人間が良くないと、その地方都市のイメージは違ってくる。

地方都市でタクシーに乗る。タクシーの運転手がその地方都市を褒めてくれると嬉しくなる。逆に、その土地を徹底的に悪く言うタクシーの運転手もいる。「あの男は」と市長の悪口から始まり、名物料理を食わせる老舗の料理店の悪口まで言う。

（二〇一七年八月二十六日）

身内はやりづらい

「いまの代になってから金ばかり高くなって味は落ちた」。よっぽどの恨みがあるのだろうか。どんないい地方都市でも最初に会った人の言葉が肝心である。愛想のいいタクシーに乗るともうかったような気がする。

立場は人を他人行儀にする。いまの松浦市の教育長は今西誠司氏である。わたしとは親戚になる。今西氏の母親の智恵子姉さんが平田醬油屋のおばあさんの娘である。昌子姉さんや和子姉さんの姉になる。星鹿の祖母の娘である母とは従姉妹《いとこ》になる。わたしと今西氏はふた従兄弟になるのか。星鹿で過ごした少年時代は「耕大兄ちゃん」「誠司ちゃん」と呼び合う幼なじみであった。

昨年、「東京松浦会」で友広郁洋《いくひろ》市長に会うと「今西教育長とは親戚のごたるですね」と声を掛けてきた。「はい、そうなります」というと「身内が教育長ならばやり易かでしょう」と笑ってからかった。「逆です。身内はやりづらかもんです」と返答すると「わかる。それはわかる、わかる、わかる」とわかるを連発した。友広市長も同じような経験があるのかもしれない。

わたしも今西教育長も酒が好きである。まだ、今西氏が教育長になる前に松浦でよく杯を交わした。人前では「岡部先生」「今西先生」である。わたしのチームが松浦市で公演をした打ち上げの飲み会にも、市長と一緒に顔を出してくれる。

松浦市は酒の飲み方は昔通り、日本酒の杯のやりとりである。自分が飲んだ杯を相手に渡し酌をする。相手はその杯を飲み干し返杯をする。東京から連れて行った連中はこの飲み方を知らない。けげんそうな顔をして杯を受け取ると、わたしの顔をうかがう。説明するのも面倒くさいので、わたしがその杯を一気に飲み干して返杯をする。

「こうやるんだ。なんだ、不潔か、野蛮か」。チームの連中はうれしそうに杯のやりとりをするようになった。

「郷に入っては郷に従え」。わたしもアフリカでは土地の人が作った酒を飲まされた。穀物を、口でかんで吐き出して酒にするそうである。どぶろくである。嫌がらずに飲んだ。

土地の人は観察しているものである。文化ホールのこけら落としで「風と牙」をやったのはすでに書いた。その主人公、文武に秀でた美貌の吾妻姫《あづまひめ》を演じたのが無名塾の岡本舞さんである。シティホテルでパーティーがあり、たる酒が振る舞われた。岡本舞さんは「わたくし、これが大好きですのよ」と言って升酒をぐいぐいとあおっていた。

東京で飲んでも、まったく乱れない。タクシーで自宅まで送るが、自宅の前でくらっとしただけですたすたと歩いて帰る。見事なものである。いったいに女優さんは酒が強い。しかし、岡本舞さんほどに酒が強い女優さんはいない。

(二〇一七年九月二一日)

週一回　故郷の香り

昨年、昌子姉さんが亡くなった日も親戚の今西誠司氏には電話で帰れない事情を説明し、親戚への伝言を頼んだ。「よかです。わたしからみんなにはようと説明しとくですたい」。あの人のことだ、ようと説明してくれたはずですたい。次の松浦公演初日の夜に飲み会を約束したのはもちろんである。「松浦はサバがうまか時期ですたい」。その日は旬のサバを肴《さかな》にして話が弾むはずである。

このエッセイを書くようになって、土曜日付「西日本新聞」のエッセイの掲載紙が月曜日にはわが家に届く。三日遅れである。昔、「三日遅れの古新聞　読む気があったら買っとくれ」という歌があった。駅で引き揚げの人に売る新聞だったのか。違うかな。都はるみさんの歌に「三日遅れの便りを乗せて　船が行く行く波浮《はぶ》港」といった歌もあった。波浮の港にも三日遅れの新聞が着いた時代があった。

送られてきた「西日本新聞」は一面から三十六面のテレビ欄まで丁寧に読む。東京ではやってない番組を見つけると、ニヤリとする。「長崎くんち奉納踊　総集編」。これは東京のテレビでは絶対に観られない番組である。長崎市や平戸市、松浦市のおくやみの欄は「もしかしたら知っている人ではないか」と目を皿にして読む。

「西日本新聞」はなかなか関東では読めない。国立図書館にでも行けば読めるのかもしれないが、わざわざ新聞を読みに国立図書館までは通えない。家内の故郷の知覧では「南日本新聞」を読むがそれほどの親近感は湧かない。それはそうだ、鹿児島は地名や名前がはっきりとはわからない。わたしの世代は新聞を読むのが癖になっている世代である。旅先の旅館でも朝はまず新聞である。松浦で読むスポーツ新聞には、東京では三面の隅っこぐらいでしか取り上げられない九州ゆかりのプロ野球チームが、一面トップの見出しを飾っていて嬉しくなる。

近頃は、よく「東京松浦会」にも出席させていただく。参加者は圧倒的に五十代から八十代である。松浦の昔話に花が咲く。東京に出て来たばかりの頃は突っ走るので精いっぱいであった。昔は上京と言った。上京もいまやほとんど死語か。飛行機に一時間半も乗れば九州の空である。東京に出張する人も日帰りだそうである。

ただ、「東京松浦会」の席にはアゴの干物とスボかまぼこだけは欠かさず置いてある。「アゴの干物は新聞紙で包んでたたいてほぐしてから食った」とだれもが懐かしそうに言う。そうだ、懐かしがる年になった人がふるさと会に参加する。「西日本新聞」の春秋の欄や読者の寄稿欄も繰り返し読む。寄稿欄も知っている人が書いたのではないかと、これも目を皿にする。地方紙には故郷の香りがする。週に一回、故郷の香りをたっぷりとかいでいる。

（二〇一七年九月九日）

空飛ぶ円盤　探して

少年時代、よく「冒険王」や「少年」といった漫画雑誌を回し読みしたものである。まだ週刊誌ではなく月刊誌であった。「少年ケニヤ」「砂漠の魔王」「イガグリくん」などである。

正月号はおまけが凄かった。それらの漫画雑誌で、よく未来の特集をやっていた。「二十一世紀の地球」である。空には葉巻型や丸い空飛ぶ円盤が飛んでいて、火星人は蛸《たこ》によく似た生物であった。地球人は箱のような物を担ぎ、プロペラを回して空を飛んでいた。二十一世紀は遠い未来であった。

だが、人間の想像力には限界があるらしい。どの未来の予想図にもパソコンやスマートフォンをいじっている地球人はいなかった。まだパソコンやスマホは想像できない時代であった。これから三十年後、どんな時代になっているか想像はできない。

月の裏側で宇宙人と握手をしている宇宙飛行士の未来図もあったが、どうなのか。瞬間移動機の未来図もあった。箱に入ってボタンを押すと、瞬間に目的地へ移動できる機械である。わたしがその箱に入って「松浦」のボタンを押すと、瞬間に松浦の市役所前あたりに移動している。もう、飛行機に乗り、福岡空港からバスに乗ることもないのである。瞬間湯沸かし器といわれる男は知っているが、瞬間移動機の時代は想像もつかない。しかし、想像もできない、そんな時代が来るかもしれないのである。死後の世界もあるという人もいる。これも死んでみないとわからない。

テレビのない時代、人はどんな生活をしていたのかと考える。また、携帯電話やメールのない時代には、どんな連絡方法があったのかも忘れた。手紙か葉書で連絡するしかなかったのか。娯楽はラジオと映画だった時代。わが家にテレビが来た日はよく覚えている。それぞれの家庭から「お笑い三人組」や「ララミー牧場」が流れた時代。映画館がガラガラになった。昭和三十九年の東京オリンピックで日本はがらっと変わった。初めて、シネマスコープの総天然色の映画を観た時には驚愕《きようがく》した。立体テレビや立体映画の未来図もあった。でも、もしかしたら、そんな時代が来るのかもしれない。

故郷へは福岡空港からバスに乗る。車窓からの風景が昔のままだとうれしくなる。古い百姓家の庭には家族の洗濯物が干してある。遠くの神社には祭りの幟《のぼり》である。三年後、また東京オリンピックだそうである。どんな時代になっているのだろうか。ロボットが会場整備をしているのか。もしかしたら想像もつかないことが起こっているのかもしれない。

故郷松浦からの帰りの飛行機は夕焼けである。影絵の富士山、光る雲海、遠くの水平線は真っ赤である。空飛ぶ円盤を探すとなく探す。なんだか生きていることを実感する風景である。そして、東京の夜景で現実に戻る。

（二〇一七年九月十六日）

夢と現実に揺れて

夢は朝方に見るものかもしれない。午前二時か三時にいったんは起きる。それからうつらうつらとする。その時間帯に夢を見る。訪れたこともない土地の夢や知らない人物が登場する夢である。若い日の父や母もほほ笑んでいたりする。普段は思い出すこともない幼なじみや友人や知人も現れる。とっくに亡くなった叔母や叔父、遠い親戚も現れる。

どこかで願望していることが夢になるのだろうか。映画や舞台の粗筋も夢に現れる。「そうか。あそこはこう書けばいいのか」「あの続きはこうなるのか」。夢が教えてくれる。うつらうつらしながら、そんなことばかり考えているからである。因果といえば因果である。起きると夢の大半は忘れている。

黒澤明監督に「夢」という映画があった。「この人は、この程度の夢しか見ないのか」と幻滅した。外国人記者クラブでの会見では「もっとエロチックな夢は見ないのか」と外国の女性記者が容赦のない質問をしていた。わたしも、ここには書けないようなエロチックな夢もいっぱい見る。老いさらばえてである。

しかし、黒澤明監督がエロチックな夢を描けば描いたで、すごい批判をされるのではないか。黒澤明の黒澤明たるゆえんである。やはり、黒澤明は「夢」を題材にすべきではなかったのかもしれない。夢ではなくて現実でドラマを描いてほしかった。

わたしは映画で夢や回想を取り入れることは反則だと考える。回想は自分を中心にして過去を振り返る。時代そのものを振り返ることは回想とはいわないのではないか。回顧か。黒澤明の「羅生門」が優れているのはそれである。登場人物の一人一人が自分のいいように過去を語る。ラストシーン、主人公の志村喬《しむらたかし》は「わからない」といった意味の言葉をつぶやき、捨てられている赤ん坊を抱きあげる。現実は赤ん坊だけである。

原作は芥川龍之介の「藪《やぶ》の中」である。若い日に読んだ芥川龍之介の「侏儒《しゅじゅ》の言葉」に「畢《ひっ》竟《きょう》、人生は死に至る戦いである」とあったのを覚えている。老いさらばえて、この言葉の意味が少しわかったような気がする。老いさらばえてといっても、まだ七十代に入ったばかりである。

いま、映画「知覧にて」の製作に取り組んでいる。原作・脚本・監督である。実現できるかどうか。「現代から陸軍特攻隊基地があった知覧を振り返ることで、戦後七十年が過ぎた今日、映画『永遠の0』に拮抗《きっこう》し、あるいは凌駕《りょうが》することを目的に企画されたものである」。これが企画意図である。企画意図はどうしてもオーバーになる。ただ、家内の親戚の叔母さんに特攻隊を見送った「知覧なでしこ隊」の女学生の一人がいた。この方も昨年八月に八十五歳で亡くなった。

（二〇一七年九月二十三日）

長崎の祈り　いまも

「長崎の鐘」の初演は平成二十（二〇〇八）年である。もちろん、長崎市でも上演した。長崎市の田上富久《たうえとみひさ》市長とお会いしたのは「長崎の鐘」の劇場ではなかったか。長身の田上市長は紺のスーツを着こなし、ほほ笑んでおられた。

田上市長は「わたしも長崎の鐘に参加したい」と控えめにおっしゃった。わたしの演劇にアドリブはない。きちんと構成して台本を書き、一カ月余の稽古をこなす。突然の飛び入りは演劇そのものを乱すし、飛び入りの人も客に迷惑がられるだけである。そう説明すると田上市長は笑ってあっさりと承諾してくれた。

頭の回転が速く、謙虚であった。わたしはたちまち田上市長のファンになった。開演前のあいさつも長崎と原爆を語って心打たれるものがあった。立派に舞台に参加していた。先日、テレビを見ていたら、やはり田上市長はインタビューで長崎と原爆を語っていた。飾り気のない言葉のひとつひとつに本音と真実があり、そのメッセージはあの日と同じく新鮮であった。たたずまいには風格すらあった。

舞台「長崎の鐘」のキャッチコピーは「長崎は、いまも祈っとります」である。もちろん、主人公は永井隆である。永井の恩師が「無一物処即無尽蔵」の軸を永井へ送る。永井の直弟子秋月辰一郎との因縁と対決はユーモアにあふれて心根に迫るものがある。

「長崎の鐘」の映画化が具体化して長崎市を訪ねた折も田上市長にはお会いしたのではなかったか。随分と励まされた記憶がある。長崎県知事中村法道《なかむらほうどう》氏から励まされ、長崎市長の田上富久氏からも励まされ、どんなに心強かったことか。映画化には資金がいる。映画「長崎の鐘」は、まだ時間がかかりそうな気配である。しかし、確実に動いている人は動いている。

田上市長のインタビューの言葉もそのひとつであった。十分に、われわれにメッセージをくれたのである。永井隆役と秋月辰一郎役はすでにわれわれの中では決定している。ただ、資金が調達できなければ交渉には入れない。映画化には莫大《ばくだい》なエネルギーと時間もいる。「継続は力なり」という。「決めたら、決して諦めないこと」ともいう。日本中の若い人が、否、世界中の老若男女が映画「長崎の鐘」を観てくれる日が来れば。

「人類よ。戦争を計画してくれるな。原子爆弾というものが存在する以上、戦争は人類の自殺行為にしかならないのだ。戦争をやめてただ愛の掟《おきて》に従って相互に助け合い、平和に生きてくれ」。この永井隆の言葉が、あるいは看護婦の「永井先生は楽屋に放り出された浄瑠璃人形のごと、くたくたになるまで働きようすとよ」のリズミカルなユーモアを含んだ言葉が、映像からカタルシスをもたらす日まで、諦めずに映画化を働きかけるつもりでいる。

（二〇一七年九月三十日）

苛立ちの向こう側

松浦市に午後三時ごろに着到するには午前十一時台の飛行機に乗らなければならない。羽田発十一時十五分である。そそくさと朝食をすまし、八時四十分の羽田行きのバスに乗る。バスは駅三つ先の新百合ケ丘駅発である。わたしの家の最寄りの向ケ丘遊園駅まで急ぎ足である。

駅までの道路で大学生たちとすれ違う。向ケ丘遊園には二つの大学がある。専修大学と明治大学である。どちらの女子大生も清楚《せいそ》な身なりでうれしくなる。男子大学生も今風の身なりである。使用前の大学生と使用後のわたし。そんなことを考える。駅までにはパチンコ屋やスロットマシンゲームの店もある。ここにも若い人が屯《たむろ》している。開店を待っているのである。どう見ても学生風である。朝から親の仕送りでゲームをするのかと小腹が立ったりもする。昔、「馬で金儲けした奴はないよ」と植木等が歌っていたが、ゲームもそうなのではないか。

わたしは空港の鯖寿司が好物である。ただ、一人で食するには量が多すぎる。残すのはもったいないので、わが家での朝食となる。福岡空港まで我慢すれば博多うどんが食える。空港の待合室では、いろいろな人が弁当やサンドイッチを食している。こんな風景に接したことがある。四十代の女の人の一人旅であった。その人は待合室の椅子に座り、鞄《かばん》の中から握り飯の包みを取り出した。少し大き目の手作りの握り飯が二つ。多分、家族の朝食の残り飯を自分で握った握り飯ではないか。節約の握り飯である。わたしはこの四十代の女の人の人生の越し方がうれしかった。

服装や表情から推測して、故郷のどなたかの葬式だったのではないか。空港は冠婚葬祭の人でいっぱいである。わたしも父と母の骨壺は飛行機で運んだ。スチュワーデスの微笑みは哀悼の意のほほ笑みであった。会釈をしながら「こんな人が息子の嫁になってくれればなあ」と思ったものである。わたしは一人旅に慣れていない。チームで動くか、家内と動くかである。羽田空港は広い。第一や第二ターミナル、ウイングがどうのこうのと戸惑ってしまう。もたもたしていると、すっと制服の女の人が寄って来て手続きを手伝ってくれる。「こんな人が息子の嫁になってくれればなあ」。すっかり、年寄りなのである。

若い日に二カ月くらいのアフリカ旅行をしたことがあるが、若い日でよかった。いまならサハリのジープの中で気絶するかもしれない。ローマ時代の洞窟の落書きにも「近頃の若い奴は」と若者を詰《なじ》る言葉があるらしい。わたしも少年時代に星鹿《ほしか》の老人からよく言われたものである。あの老人の苛立ちがよくわからなかったが、いまはよくわかる。若い奴とは若い男の奴の意味だったのである。いつの時代も、若い男は老人を労《いた》わるのには照れるものなのである。

（二〇一七年十月七日）

若い時代の吸収力

高校時代、わが家の白黒テレビの二つのテレビドラマがわたしを虜《とりこ》にした。一つは藤田まこと氏の「てなもんや三度笠」である。藤田まこと氏演じるあんかけの時次郎が小屋から「俺がこんなに強いのはあたり前田のクラッカー」と言って登場して番組が始まる。小坊主の珍念役白木みのる氏とのコンビは絶品であった。主題歌が流れる。ゲストは関西の錚々《そうそう》たる俳優である。藤田まこと氏は軽妙な喜劇役者であった。後年、藤田まこと氏は婿入りした嫁と姑に弱い平役人でありながら、殺し請け負いの仕事人を「必殺シリーズ」で演じ、また「剣客商売」では女好きの渋くて老獪《ろうかい》な剣客を重厚かつ軽快に演じていた。

高校三年の後半になると、高校も出欠にうるさくなくなった。家で受験勉強する奴は勉強しろと言った感じであった。わが意を得たりと午前中はわが家の白黒のテレビで「人間の條件」を観て、午後から伊万里《いまり》高校までガラガラの汽車で通学したものである。弁当は汽車の中で食った。

わたしは、すでに映画「人間の條件」を観ていた。空前のベストセラーとなった五味川純平の同名小説の映画化である。昭和十八（一九四三）年の満州。梶と美代子夫婦が、現地人の工人に過酷な仕事を強いる現場監督一派に対抗する物語である。映画の梶を演じる仲代達矢氏は風貌が立派で英雄過ぎる感じであった。

テレビの「人間の條件」の梶役は加藤剛氏である。いまの言葉で言うと、わたしはテレビの「人間の條件」にハマった。いまでも高校の同級会に出席すると、女の同級生が「岡部さんは午後から学校に出てきよらした」と言う。人は、つまらんことやどうでもいいことはよく覚えているものである。

劇作家になって俳優座にも戯曲を提供するようになり、俳優座所属の加藤剛氏とも話をする機会があった。「わたしはテレビの『人間の條件』に触発されて、この世界に入ったようなものです」と素直に告げた。加藤剛氏は「ああそうですか」とあの笑顔で応じてくれた。わたしは「人間の條件」は「人間の条件」とばかり覚えていた。そうだ、加藤剛氏も「剣客商売」に出演されていたのではなかったか。わたしの舞台もよく観に来てくれる。勉強好きで謙虚である。

映画館と白黒のテレビ、この二つがわたしの人生の師匠である。学ぶべきことが多い映画やテレビがいっぱいあった時代である。あの時代の映画やテレビのシーンや台詞はいまでもよく覚えている。やはり、若い時代の吸収力は凄いものがある。ズボンの後ろのポケットに突っ込んでいたアルチュール・ランボーの詩集。アンドレ・ジイドの『狭き門』。武者小路実篤の小説。黒澤明監督の映画。そのなにもかにもに影響を受けて今日のわたしがいる。

（二〇一七年十月十四日）

岡部耕大作陶展に来場いただいた際の加藤剛氏

新聞は裏から読む

「文は人なり」という言葉がある。昔、ある新聞記者が「新聞の記事は比喩を用いては書けない」と言った。つまり「この世のものとは思えない嵐であった」といった類の文章は書けないと言うのである。しかし「文は人なり」なのである。「西日本新聞」ならば「春秋」の欄がそうである。なんとなく書いている人の人となりが想像できる。「五十代後半かな」といった想像である。どこの大学で何系だったかも想像する。片寄らないように書こうとしているが本音も窺《うかが》える。

「新聞は裏から読まんば」と言った人もいる。これは二面から読めの意味ではない。実際、裏から読めと言ったら二面から読もうとした若者がいた。若者の活字離れが言われて久しい。スマホで事が足りる時代である。しかし、記者の本音を窺いながら新聞を裏から読むといろいろと想像できる。地方紙の記者はなかなか本音を窺わせる文章が書けないそうである。朝晩、顔を合わせている人や地域の問題は書きづらいものらしい。

警察官もそうであると元警察官が語っていた。例えば、下着泥棒がいたとする。夜通し見張っていて、捕まえてみれば近所の高校生だったりする。逮捕はしなかったそうである。順々と諭す。それだけだそうである。奥さんと二人で島に赴任したこともあったそうだ。奥さんには奥さんの付き合いがあり、朝、浜で取れた魚をおすそ分けで貰《もら》ったりする。好意を断るのは難しいらしい。よっぽどの事でない限り、見てみないふりをする。島の名物も貰ったりした。

新聞記事になる事件は氷山の一角らしい。その裏には記事にならない事件が多くあるらしい。しかし、どうしても見逃すことができない悪辣《あくらつ》な行為は事件にするといった。風呂場を覗《のぞ》いたくらいなら諭すだけにするが「これ以上のことを犯すと逮捕する」と強く諭すそうである。親兄弟、親戚の事。本人の将来のことまで話をする。そうすれば、大抵の人は立ち直るそうである。ただ、稀に「あの時、逮捕していればよかった」と臍《ほぞ》を噛《か》む人もいたりするらしい。人は、どの世界の人も難しい。比喩を用いて記事を書けない新聞記者も難しいのかもしれない。

去年、「姉《あね》しゃま――円谷幸吉《つぶらやこうきち》とその時代」を書いた。選挙が激しい土地に長崎市から嫁いだ姉しゃまの物語である。姉しゃまはマラソンランナーを育て、トップランナーにするのが夢である。この物語にも本音が書けずに苦しむ地方紙の記者が登場する。政治家の演説も立派な内容ではあるが、どこかにちらと本音が滲《にじ》んでいたりする。「金と票」である。テレビの演説や新聞の記事にそんな感じを受けるのはわたしだけではないはずである。「文は人なり」である。わたしの文章にも、どこかに本音は滲んでいる。しかし、政治家はなぜ紺の背広が好きなのか。

（二〇一七年十月二十一日）

友人知人と梯子酒

わたしには個性派の映画俳優や芸人の友人知人が多くいる。俳優の勝野洋《かつのひろし》氏もその一人である。勝野氏は伊万里出身で森永製菓の創始者、森永太一郎を演じてくれた。森永太一郎を主人公にした舞台「天使が微笑んだ男」を書くにあたって、森永太一郎役は勝野洋しかいないと決めていた。風貌が太一郎に似ているというわけではない。太一郎よりも太一郎らしい風貌といえばいいか。

勝野洋は映画やテレビ「太陽にほえろ」で知っていた。九州の風貌である。熊本だそうだ。始めはマネジャーを交えて飲んだ。だが、すぐに二人で飲むようになっていた。飲み始めは勝野洋氏の行きつけの神宮前の寿司屋から始まる。それから、梯子《はしご》梯子で下北沢や三軒茶屋まで移動して飲むのである。日本酒の徳利がどの店にも数十本は並んだ。奥様のキャシー中島さんはちょこっと挨拶に顔を見せて、すぐにいなくなる。粋なものだ。旅公演では松浦市や伊万里市でもよく飲んだ。有田まで焼き物を見にも行った。先代の源右衛門が亡くなった次の日である。ぐい呑みを買ったのを覚えている。近頃、お互いに忙しくて飲む機会が遠のいた。年寄りになったせいもある。わざわざ会うのが面倒臭いのである。

中津江村を舞台にした「蜂の巣城——二〇〇二年中津江村より」は紀伊國屋ホールまで観に

来てくれた。「泣けて泣けて」と正直に言ってくれた。素直なのである。若い頃、スターだった人が年老いて悪役に回る。勝野洋がテレビで悪役を演じているドラマを観たことがあるが、やはりこの人らしく後悔が顔に滲《にじ》む役であった。いま飲めば、お互いに報告しあうことがいっぱいあるのかもしれない。

芸人のポール牧氏もわたしの演劇に出演してくれたことがある。この人とも意気投合してよく飲んだ。旅先から「兄弟先生」といってよく電話をくれた。この人とも「会おう会おう」といいながら、とうとう会わずじまいであった。ポール牧氏の芸能生活四十周年を記念したパーティーにも招待された。わたしの席は上座で金田正一氏や若乃花・貴乃花兄弟と同席であった。いたずら好きのポール牧氏らしい。司会は徳光和夫氏である。壇上に上げられて、ポール牧氏は「演劇界の一方《いっぽう》の雄です」とわたしを紹介してくれた。恥ずかしく、嬉しかった。ポール牧氏はわたしが照れて喜ぶ顔が見たかったのである。

ポール牧氏が「お侠《きゃん》」で演じた通称「名なしの伝兵衛」という易者の役は実はお侠が探す男であった。狂言回しが犯人なのである。劇作術のルール違反といえばルール違反である。「お侠」はいま読んでもぞくぞくする。昭和二十五（一九五〇）年の筑豊遠賀川が舞台である。「お侠」も再演したい。若い女優の「お侠」が観たい。ぜひ老人勝野洋氏には出演してもらいたいものである。

（二〇一七年十月二十八日）

待合室の知り合い

近頃は、よく病院へ通う。総合病院はわたしの家の最寄り駅から駅一つ。乗り慣れた小田急線ではあるが、病院へ通う電車では緊張する。オーバーに言えば「もう帰りの電車には乗れないのではないか」といった気持ちになる。待合室には二百人か三百人の人が待っている。家内が同行してくれる。この時ばかりは頼りがいがあり頼もしい。待合室では偶然に昔の知り合いに会う。昔といっても、つい七、八年前の知り合いである。行きつけのスナックで知り合い、なんとなく意気投合してカラオケや飲み屋の梯子《はしご》をした人である。わたしとは同世代である。

わたしが松浦で高校生だった頃、この人は京王線の高校生であった。「悪い高校生でした」と言って喧嘩《けんか》やナンパの自慢話が得意だった。「ワルで、喧嘩は強かったですよ」が決まり文句であった。男は過去の自慢話をしたがる。女は過去の話はしたがらない。男の過去の自慢話は相当に割り引いて聞かなければいけない。しかし、この人とはカラオケで唄う歌も知っている歌ばっかりで気持ちがいい。同世代のよさである。

若い連中とカラオケをやると知らない歌ばっかりで閉口する。横文字が入った歌ばっかりである。「なんなんだ、その歌は」と文句ばかり付けるので、若い連中もわたしとのカラオケは敬遠したがる。それはそうだ、いつも裕次郎と小林旭では若い連中もたまったものではない。わたしも子どもの頃、東海林太郎《しょうじたろう》を「トウカイリンタロウ」と言って親戚の叔父さんから怒られたことがあった。新しい人を生み、古い人を死なせるのが時代である。

待合室で知り合いがいることは分かったが、離れているので知らんぷりを決めていた。しかし、徐々に距離が狭まるのである。挨拶せざるを得ない。パーティーでもそうである。会いたくない奴が遠くにいる。お互いに知らんぷりである。しかし、徐々に距離が狭まる。人の流れがそうなっているのである。「やあ」「どうも」といったおざなりの挨拶をせざるを得なくなる。新宿を歩いていてもそうである。東京で一番会いたくない奴が歌舞伎町の方から女連れで歩いて来る。挨拶せざるを得ない。その日一日が不愉快である。

待合室で会った知り合いは食事に誘ってくれる。そんな好意的な人なのである。病院の食堂である。食欲があるはずもない。しかし、新宿の紀伊國屋ホールまで客を連れて芝居を観に来てくれたり、狛江《こまえ》の稽古場にはパンを山ほど差し入れて若い連中を跳び上がらんばかりに喜ばせたりする人である。応じるしかない。病院の待合室での会話にはルールがあるようである。病名を聞かないこと、である。「定期健診ですよ」。会話もそれぐらいの会話である。次の病院通いは半年後である。あの人はいるのかいないのか。

（二〇一七年十一月十一日）

握って握りしめて

父が亡くなって十九年がたつ。亡くなる二日前に妙な体験をした。嘘だと笑われるかもしれない。その日、平成十（一九九八）年十一月二十一日、わたしは川崎市の高校演劇の審査員を頼まれ、その帰り路、登戸駅の駅前の居酒屋で先生方と慰労の酒を飲んでいた。トイレのドアを開けると、薄暗い影が便器のうえに蹲《うずくま》っている。だれとはわからなかったが、そのままドアを閉めていた。同時刻、わが家では玄関のドアが開いた音を茶の間にいた家内と娘が聞いている。

吹き抜けの茶の間は二階にある。一階には仏間があり、書斎と床の間のある和室は三階である。妙な予感がして帰路に就いた。家に帰ると、家内が「さっき、だれか来たのよね」と言う。わたしは玄関のチャイムを鳴らすのを習慣としている。

わたしの帰りを待っていたように、松浦の友人吉本務氏から電話があった。吉本さんは市民病院に勤めていて、父が入院していた。吉本さんの電話は父が危篤であることを告げた。「すると、さっきの薄暗い影は親父だったのか」。虫の知らせというのはある。翌朝、一番の飛行機で松浦へ発った。そして、なんとか父の死に間に合ったのである。父はわたしの掌《たなごころ》に「オキ」と書いた。わたしは「ゲキ」と読み間違えて「演劇を頑張れ」と書いたのだと解釈して「任せとかんや」と言ったのはすでに書いた。父は「生まれ故郷の隠岐《おき》を頼む」と書いたのである。いま、父も母も、父の生まれ故郷の隠岐の島の岡部の墓に眠っている。母もあれほど嫌っていた岡部家の墓に眠っている。

母の臨終は静かだった。すでに弟の次郎は亡くなっていた。次郎は本家の横地家の養子となり横地を名乗っていた。「養子に行きたくない」と次郎は泣いてわたしに訴えた。母からも「次郎を養子にしたくない」と長文の手紙が届いた。しかし、次郎は横地家の養子になった。横地家を巡って、父と姉妹との争いや駆け引きがあり、次郎は父に従うしかなかったのである。おとなしい父がどうして横地家にあれほど意地になったのかは、生前の父が「俺は横地家で育ったごたるもん」の言葉で推察するしかない。隠岐の横地家と岡部家は隣り合わせにある。「小糠《こぬか》三合あれば養子にやるな」といった言葉もある。わたしも「親父に従え」と次郎には冷たくあたった。東京で演劇を始めた時代である。それどころではなかった。

母には次郎が亡くなったことは知らせなかった。母もある日を境に次郎のことはぱたりと口にしなくなった。わたしや親戚の言動でなにか悟ったのかもしれない。「あの世で親父の待っとるたい」。わたしの言葉に母は微笑んでいた。親戚の手を握ったままの臨終であった。「握って握りしめて」の言葉がぴったりであった。母は次郎の手を握っていたつもりだったかもしれない。

（二〇一七年十一月十八日）

崩れかけの旧家屋

もう、隠岐《おき》に横地次郎の家はない。亡くなった次郎の未亡人が売っぱらってしまった。隠岐には行ったこともない未亡人である。愛着があるわけがない。愛着のない家や土地は売ることにためらいがいらない。親戚や兄弟は怒るが、理屈はどっちにもある。あっちに理屈があれば、こっちにも理屈がある。どっちもどっちの理屈である。名義を得た人が強い。

ただ、家や土地は売ったらそれまでである。亭主を亡くした嫁が嫁ぎ先の家や土地で揉《も》めて、売る話はテレビドラマでもよくある。テレビドラマには殺人が加わる。揉めない兄弟や親戚はいない。いま隠岐の岡部家の墓はわたしが管理している。正確には、隠岐の島の墓を管理する会社に委託している。盆と暮れに墓掃除をした写真が送ってくる。その写真を仏壇に供えて父母や先祖代々の位牌《いはい》に報告をする。それで己を慰めている。

わたしの家の二階のベランダには三鉢の隠岐しゃくなげがある。小さな鉢のしゃくなげを隠岐から持ち帰ったが、それがいまはぐんぐんと枝葉を伸ばしてベランダを占領している。洗濯物を干す家内も隠岐しゃくなげには迷惑そうである。しかし、このしゃくなげが春を過ぎて、五、六月になる季節には見事な赤紫の花を咲かせる。その季節にわが家を訪れる人は「ほう」と感嘆してくれる。わが意を得たりと、それから隠岐談議になる。

隠岐の岡部の家はいまもなんとか持ちこたえている。親父《おやじ》や、親父の姉と仲の良かった近所の「鍵屋のおっつぁん」が面倒を見てくれている。鍵屋は屋号である。隠岐の島は互いの家を屋号で呼び合う。人が住まなくなった家は傷みが早い。岡部の家もあちらこちらと壊れているらしい。「屋根瓦も全部取り換えてごさんかい」と電話があったが、値段を聞いて取りやめにした。やはり、家を守るというのは大変なことなのである。わたしは隠岐の岡部の家に住んだことはない。従って、さほどの愛着はないが、息子はもっとないはずである。親父が家に手を付けられなかった理由がよくわかる。旅先で、崩れかかっている旧家を目にすると、揉めているのかと推測する。

今年の正月、次男坊の源紀が「東京の下北沢に家を建てる」と事もなげに言った。「おまえ、本気なのか」と言ったら「嘘を言ってどうするのさ」と笑っていた。「一億円はするんじゃないのか」と言うと「さあ、どうかな」とはぐらかした。表札はわたしが書くことになった。知覧の知人の建築屋射手園《いてぞの》さんに電話して表札になる板を頼んだ。「名字だけでいいよ」と源紀が言ってくれたのが嬉しかった。なんだか「ずっと親父の息子だよ」と言ってくれたようで嬉しかった。

ベランダの隠岐しゃくなげや命色　遊園

（二〇一七年十一月二十五日）

歴史紡ぐ三本の木

面白い話がある。松浦のわたしの後援会長である県議会議員の友田吉泰氏が研修旅行で隠岐《おき》の島へ行ったらしい。観光案内をするバスガイドに「岡部耕大を知ってますか」と質問すると、バスガイドは「はい、わたしの親戚になります」と言ったそうだ。なぜ、バスガイドがわたしの名前を知っていたのか、思い当たる節はある。

もう、かれこれ五、六年前、わたしは隠岐の島から呼ばれて「隠岐騒動」の講話をしたことがある。わたしが舞台劇「隠岐騒動」を書くことを知った隠岐の関係者が呼んでくれたのである。講話の会場が満席なのには驚いた。それより驚いたのは、講話を聴く一人一人がノートと鉛筆を準備していたことである。わたしの言葉のひとつひとつをメモしている。昔、隠岐の島には政治犯が流されたと聞いてはいたが納得した。だれもが勉強熱心なのである。「隠岐騒動」に関してもわたしよりも詳しい人ばかりのはずである。四年前に隠岐の島で上演した「隠岐騒動」も評判が良くて安堵した。隠岐の島とは演劇を通じて、いまもつながっている。わたしと親戚だと言ったバスガイドもそれでつながったのかもしれない。友田さんもこの因縁には感動したようである。演劇の力である。

神奈川の猫の額のようなわが家の庭には三本の木が茂っている。一本は娘の民子の誕生日に植えた桜である。もう、四十三年になる。八重桜である。お花見が過ぎた頃に咲く。ひらひらと散る八重桜には風情がある。四月八日のわたしの誕生日に合わせたように咲く。劇団員を呼んで花見をするが、だれも花なんか見ちゃいない。花より団子と酒である。近所のマンションの人が散った花びらを拾い、風呂に浮かべて入ると家内に言ったそうである。これも嬉しかった。このアイデアはわが家にはなかった。この人に拾われた花びらは果報者である。玄関の横には紅葉《もみじ》が植わっている。植木市で買い求めた苗木であったが、いまは道路を隔てた向こうまで届く大木になった。もう一本は枇杷《びわ》の木である。これはわたしがスーパーで買い、酒のつまみにした枇杷の種を埋めたものである。それがたわわに実るようになった。どこにもここにも家の思い出と歴史はあるものである。

若い頃は四季の移ろいなどは感じたことはなかった。いつも演劇や本を書くことで頭がいっぱいであった。酔っぱらって歩いている人を見て「ああ、花見か」と春を感じ、蟬の声と流れる汗に夏を感じただけである。原稿用紙に鉛筆で脚本を書いた。座り机と稽古場の演出席の座布団がわたしの居場所であった。新作を書き、また新作を書く。その繰り返しであった。しかし、八重桜も枇杷の木も紅葉も、確実に育っていたのである。七十歳を過ぎた今、それらを見上げて老いを知る。

（二〇一七年十二月二日）

人間ドラマ　映画で

わたしの知り合いの映画監督に小谷承靖《こたにつぐのぶ》監督がいる。東宝の監督だった人である。加山雄三主演の映画を多く撮った監督である。わたしが岡本喜八監督に「映画監督は諦めろ」と諭されていた時代に東宝から映画監督としてデビューしている。東宝が三年にたった一人、助監督を採用した時代に東大を卒業して東宝に入社している。成城にある小谷監督の家にお邪魔したことがある。玄関からリビングまで、加山雄三の若大将シリーズやもろもろの映画の写真がびっしりと貼ってあって「ああ、これほど主役を好きにならないと映画は撮れないものか」と感心した覚えがある。

人あたりのいい人で気性が合った。鳥取県出身というのも親しみを感じた。隠岐の島には鳥取の境港からの定期船がある。小谷監督の実家を訪ねた映画人が「凄い家ですよ」と言っていた。相当の旧家らしい。わが家にもよく遊びにみえた。煙草はピースを吸っていた。インテリの煙草である。映画の話もよくした。司葉子と加山雄三の「乱れ雲」では成瀬巳喜男《なるせみきお》監督の助監督をしていたらしい。詳しく内容を書く余裕はないが、加山雄三が車ではねて死なせた男の妻が司葉子である。やがて、二人は惹かれ合うようになる。が、二人が結ばれようとする旅の宿で交通事故を目撃する。過去が蘇るのである。そのシーンで加山雄三が歌う「南部牛追い唄」

がいいと言うと「ああ、あれは俺も好きなシーンだ」と意見が一致した。

わたしは小谷承靖監督が羨ましかった。まるで挫折を知らない人のようであった。「わたしも映画を撮りたいのだけど」と言うと「ああ、あなたなら撮れる」と励ましてくれた。わたしの舞台もよく観に来てくれて「映像タッチなんだよなあ」と感嘆してくれた。確かに、わたしは映像を意識した演出をしていた。もう、飽きてやらなくなったが予告編までやった。「俺は予告編を観に来ているんだ」と言った日活映画の監督までいた。日活といっても裕次郎や旭の時代の日活ではない。ロマンポルノ時代の日活である。ロマンポルノは数々の名作を生んだ。風間杜夫もロマンポルノの役名をそのまま芸名にしたはずである。

もし「知覧にて」の映画化が実現すれば、まず小谷承靖監督に観てもらいたいものである。わたしが三十を過ぎた頃、映画の師匠岡本喜八監督が「もう映画を撮った方がいいよ」と言ってくれた。立て続けにわたしの舞台を観ての台詞であった。しかし、映画監督をやるのは少し早いような気もした。今は歌手もタレントも映画監督をやる時代である。撮影所で二十年三十年と助監督をやってから監督になる時代ではない。スタッフにベテランが揃えば、だれでも映画は撮れるのかもしれない。ただ、そんな映画ではない人間的な人間が動いている人間ドラマを撮りたい。

（二〇一七年十二月九日）

無駄な事を考える

わが家の庭には山茶花《さざんか》や万両《まんりょう》の樹木がある。万両には赤い実がびっしりと実る。その実を求めて小鳥たちがやって来る。山茶花の花の蜜を吸いにはメジロがやって来る。メジロだけはつがいである。夫婦仲がいい。ガラス越しにそれらを眺めていると飽きない。

もちろん、本のアイデアも練っている。津川雅彦さんにはいろいろな女優さんを紹介して頂いた。十朱幸代さんは愛犬家であった。いっぱいの犬の写真を見せて頂いた。若き日の後藤久美子さんも美しい人だった。どの女優さんも素敵だったが、浅丘ルリ子さんだけは別格であった。津川さんと三人で料亭の会食であった。中学、高校時代から銀幕で観ていた女優さんである。緊張した。小林旭の渡り鳥シリーズは一本も欠かさず観ていた。渡り鳥のラストシーンは祭りである。ふと気が付くと旭がいない。浅丘ルリ子は慌てて港まで追っかけるのだが、旭はすでに船の上である。浅丘ルリ子は「信次さあん」と絶叫する。船の信次はギターを弾いて歌っている。「潮の匂いがする街は、どこも俺には故郷さ」。

そうだ、信次とは次男坊の名前である。さすらうのは次男坊であった。「どこへ行くのか次男坊鴉《がらす》」という歌もあった。信次も土地に根付いて浅丘ルリ子と結婚すればよさそうなものであるが、さすらいの旅にでる。「寅さん」の映画でも浅丘ルリ子だけは特別扱いのようであった。

キャバレーで唄を歌うリリーの役である。小説家の娘、吉永小百合さんやお寺のお嬢さんとは寅さんも失恋して当然の感じであったが、リリーならもしかしてと感じさせた。やはり、リリー役は浅丘ルリ子さんでなければいけなかった。

その浅丘ルリ子さんとの会食である。主に、津川雅彦さんが喋《しゃべ》り、わたしは聞き役であった。浅丘ルリ子さんもにこにこと笑っていらした。トイレかなにかで津川さんが席を立つと浅丘ルリ子さんと二人だけになる。途端に会話に詰まる。が、浅丘ルリ子さんはたわいもない話で場をつないでくれた。いま、浅丘ルリ子さんに本を書かせて頂けるとすれば、どんな本を書けばいいのか。つがいのメジロを観察しながら、そんなことを考える。物書きは十中八九、無駄な事を考える。

「韋駄天《いだてん》の記」も取りあえず最終回である。ぜひ「知覧にて」の撮影記も書きたいものである。伝えたいことがどれほど伝わったのかともどかしい。それでも一二〇回、二年越しで書かせて頂いた。韋駄天のように駆け巡った二年越しであった。しかし、劇作家という仕事がどんな仕事か、映画のシナリオはどう書くのか、少しでもわかって頂ければ有り難い。「知覧にて」が劇場に掛かったら覗《のぞ》いて頂きたい。そして、監督岡部耕大の名を確認して頂ければ。

＝おわり

（二〇一七年十二月十六日）

「バトンタッチ」公演時の筆者（1972 年）

■岡部耕大の作品・公演一覧

以下の公演・制作年別にまとめた作品群のうち、数字のついたものは岡部が直接公演に関係した作品、☆印は直接公演に関係していない作品、★印は演劇以外の制作作品（ドラマ、映画、歌など）や書籍、および岡部指導により松浦市内の小学校で演じられたミュージカル作品である。

【1970（昭和45）年】

「（作品名）」……………（月）▽（公演場所）

0「トンテントン」…………春▽稽古場公演

【1971（昭和46）年】

1「ひゆうらひゃあら」……10月▽新宿ノアノア

2「ん」…………3月▽池袋アートシアター

3「はためくは赤き群れら　お菊の章」……………12月▽新宿アートビレッジ

【1972（昭和47）年】

4「トンテントン」……3月▽池袋アートシアター

5「はためくは赤き群れら　魂よばいの章」……………6月▽高円寺シュベール

6「バトンタッチ」……10月▽池袋アートシアター

7「真田風雲録」（演出のみ・福田善之作）……………12月▽下落合俳協ビル2F

「起承転結」（スタッフ集団ＡＣＴ公演）

【1973（昭和48）年】

8「アンタッチャブル」……4月▽渋谷天狗山……………5月▽京大西部講堂

9「はためくは赤き群れら　零の章」……………10月▽高田馬場東芸劇場

【1974（昭和49）年】

10「成吉思汗あるいは義経記」……………6月▽朝日生命ホール

【1975（昭和50）年】

11「倭人伝」…………4月▽俳優座劇場

12「倭人伝」「倭人伝外伝」………12月▽青年座劇場

【1976（昭和51）年】

13「海と組織」……………………5月▽俳優座劇場
14「トンテントン」「さすらいよあれが僕の風だ」
……………………………8月▽太陽神館
（空間演技「夏の冗談」ワンクッションPART1）
15「新選組異聞――われ心情の翼にのりて」
……………………………12月▽俳優座劇場

【1977（昭和52）年】

16「創世記」……6月▽赤坂OAGホール・名古屋
17「牙よ、ただ一撃の非情を生きよ」
……………………11月▽赤坂国際芸術家センター

【1978（昭和53）年】

18「倭人伝」……4月▽三百人劇場・伊万里・松浦
19「日輪」………11月▽赤坂国際芸術家センター
☆「肥前松浦兄妹心中」（青年座公演）
★岸田戯曲賞受賞

【1979（昭和54）年】

20「さすらいよあれが僕の風だ」
「牙よ、ただ一撃の非情を生きよ」
……………………5月▽高田馬場東芸
21「松浦今昔物語」………7月▽文芸坐ル・ピリエ
（柿落とし）
★戯曲集『肥前松浦兄妹心中』（白水社）
★ラジオドラマ「おばば松浦噺」

【1980（昭和55）年】

22「命ででん傳」………………4月▽三百人劇場
23「精霊流し」…………7月▽アートシアター新宿
24「倭人伝」……………8月▽新宿紀伊國屋ホール
25「キャバレー」
…………11月▽カフェテアトロ新宿もりえーる

【1981（昭和56）年】

26「修羅場にて候」
…………5月▽カフェテアトロ新宿もりえーる
27「肥前松浦兄妹心中」…8月▽新宿紀伊國屋ホール
28「冬と刺青」
……11月▽新カフェテアトロ新宿もりえーる
☆「ダーティビジネス」（劇団1980公演）
☆「逆修の塔」（青年座公演）
☆「肥前松浦女人塚」（俳優座公演）

【1982（昭和57）年】

29「成忠義心伝――元禄赤穂殺人事件」
………5月▽カフェテアトロ新宿もりえーる

30「修羅場にて候」「精霊流し」
「牙よ、ただ一撃の非情を生きよ」
………8月▽カフェテアトロ新宿もりえーる

★戯曲集『肥前松浦女人塚』（三一書房）

★戯曲集『日輪』（深夜叢書社）

★岡部耕大書の独り展（たけいし画廊）

【1983（昭和58）年】

31「冬と刺青」「真田風雲録」「日輪」
………………5月▽シアタービッグヒル
（シアタービッグヒル、オープン記念公演）

32「松浦今昔物語」「やれん騒乱」
………………11月▽シアタービッグヒル

☆「キャバレー」（劇団あすなろ公演　東芸劇場）

☆「松浦党志佐三郎の反乱　武蔵が怯えた男」（椿組公演　新宿区東京身体障害者福祉センター横空地仮設劇場）

☆「華やかなる鬼女たちの宴」（俳優座劇場公演）

☆「マダム貞奴」（花の会・三越劇場提携公演）

【1984（昭和59）年】

☆「精霊流し」（沼津演劇研究所公演）

☆「新版　どん」（駅前劇場プロデュース　下北沢駅前劇場）

★小説『胸の血潮はから紅に』（潮出版）

【1985（昭和60）年】

33「ラガー」…………5月▽シアタービッグヒル

34「ラガー」…………7月▽シアタービッグヒル

35「松浦党志佐三郎の反乱」「哀しき狙撃手（ヒットマン）」
………………10月▽シアタービッグヒル

☆「肥前松浦兄妹心中」（昭和60年度舞台総合研究4年次生前期発表会④）

★テレビドラマ「精霊流し」東芝日曜劇場

【1986（昭和61）年】

36「肥前高校剣道部物語　風の墓」
………………12月▽シアタービッグヒル

☆「團十郎と音二郎」（文学座公演）

☆「曾根崎心中」「女殺油地獄」（国立劇場）
☆「聖母の戦きありや神無月」（俳優座公演）

【1987（昭和62）年】

37「團十郎と音二郎」（喧嘩三部作第一弾）
……………………2月▽本多劇場
38「肥前高校剣道部物語　風の墓」
……………7月▽シアタービッグヒル
39「力道山」…………11月▽新宿紀伊國屋ホール
☆「亜也子」（青年座公演）
★映画「女衒」
★テレビドラマ「あなたに似た人」

【1988（昭和63）年】

40「肥前高校剣道部物語　風の墓」
7月▽シアタービッグヒル・博多・伊万里・松浦

【1989（平成元）年】

41「天敵――新宿どん底物語」
……………3月▽新宿紀伊國屋ホール
42「闇市愚連隊」………9月▽本多劇場
☆「歸去来――赤トンボぶんと飛んだ」（劇団新人会公演）
☆「ふゆ――生きて足れり」（俳優座公演）
★テレビドラマ「最後の結婚詐欺」
【1990（平成2）年】
※有限会社岡部企画設立
43「闇市愚連隊」………8月▽新宿紀伊國屋ホール
44「真田風雲録」（演出のみ）…11月▽ザ・スズナリ
（劇団「空間演技」創立20周年記念公演）
★テレビドラマ「他人に言えない職業の男」
☆「お侠」（みなと座公演、本多劇場・旅）
☆「黒い花びら」（風間杜夫プロデュース、本多劇場・旅）
☆「影を慕いて――古賀政男・我が心の歌」（民主音楽協会）

【1991（平成3年）】

45「忍びの者」（演出のみ、村山知義作）
…………………11月▽本多劇場
★戯曲集『お侠』（実業之日本社）

【1992（平成4）年】

46「精霊流し」………8月▽東京芸術劇場小ホール

47「肥前高校剣道部物語　風の墓」…10月▽本多劇場
☆精霊流し（芝居の弁当箱公演、札幌本多劇場公演）

【1993（平成5）年】

48「夢みた夢子」………6月▽静岡県下一ヶ月公演
49「精霊流し」
7月▽池袋芸術劇場小ホール・名古屋・大阪・九州
50「夢みた夢子」…………………9月▽本多劇場
51「肥前高校剣道部物語　風の墓」
……………10月▽伊万里・唐津・佐賀・多久
52「鬼火――恨みに時効なし」
………11月▽下北沢OFF・OFFシアター（下北沢OFF・OFFシアター柿落とし公演）
★主題曲「夢過ぎて」（玉置浩二作詞・作曲）
★映画「修羅場の人間学」
★戯曲集『團十郎と音二郎』（制作同人社）

【1994（平成6）年】

53「精霊流し」
……7・8月▽京都・大阪・九州・和歌山・静岡
54「嗚呼　冒険王」…………10月▽北九州演劇祭
55「嗚呼　冒険王」……11月▽池袋サンシャイン劇場（岡部企画・池袋サンシャイン提携）
☆「團十郎と音二郎」（三重公演）
☆「精霊流し」（芝居の弁当箱公演）

【1995（平成7）年】

56「精霊流し」………5月▽静岡・津・旭川・札幌
57「女狐」…………………5月▽本多劇場
58「精霊流し」「鬼火」…8月▽新宿紀伊國屋ホール（戦後50年特別企画2本立て）
59「精霊流し」
………8・9月▽京都・長崎・松浦・生月・鳥栖
60「異聞源平盛衰記―風と牙」
…10・11月▽長崎・佐賀・福岡・京都・池袋サンシャイン劇場
★主題曲「人恋し」（さだまさし作詞・作曲）

【1996（平成8）年】

61「籠城」…………………2月▽ザ・スズナリ（劇団「空間演技」25周年記念公演、下北沢演劇祭参加）
62「決定版　力道山」………10月▽下北沢本多劇場

63「お俠」…… 11・12月▽紀伊國屋サザンシアター

【1997（平成9）年】

64 小劇場版「嗚呼　冒険王」 3月▽ザ・スズナリ
65「お俠」…… 4・5月▽九州・東海・狛江・昭島
66「決定版　闇市愚連隊」
……………… 7・8月▽新宿紀伊國屋ホール
（劇団「空間演技」50との提携企画）
67「元寇」
10・11月▽九州・倉敷・尼崎・今津・吉祥寺前進座劇場
☆「精霊流し」（芝居の弁当箱公演）
☆「肥前高校剣道部物語　風の墓」（劇団協議会主催、紀伊國屋サザンシアター、ユースフェスティバル参加）
☆「肥前高校剣道部物語　風の墓」（鳥取県主宰、鳥取県下）

【1998（平成10）年】

68「新大久保の猫」………… 6月▽両国シアターX
69「女傑・龍馬が惚れた女」
11・12月▽長崎・佐賀・千葉、今津、紀伊國屋サザンシアター、横浜青少年センター
☆「決定版　力道山」（岡部演劇塾公演）
☆「紙屋悦子の青春」（劇団協議会公演、演出のみ、下北沢ザ・スズナリ、文化庁芸術創造基盤事業）
☆「肥前松浦高校剣道部物語　風の墓」（神奈川県桐蔭学園）

【1999（平成11）年】

70「お俠」………… 3・4月▽静岡県演鑑連
71「音楽劇　がんばろう」
…………………6月▽新宿紀伊國屋ホール
72「武士（もののふ）の旗」
…10〜12月▽長崎・佐賀・紀伊國屋サザンシアター
☆「精霊流し」（芝居の弁当箱公演）

【2000（平成12）年】

73「真田風雲録」（演出のみ）… 4月▽アイピット目白（フェスティバル参加）
74「がんばろう―― 柏木家の人々」
…………………7月▽紀伊國屋サザンシアター
75「精霊流し」………………… 8月▽松江・伊勢
76「長崎街道物語　古渡（こわた）り峠」

…………10・11月▽長崎・佐賀・俳優座劇場
77「色悪―― 悪の限りを尽くし三郎」
…………………12月▽品川六行会ホール
☆「真田風雲録」（文化庁公演、演出のみ、和歌山・奈良・滋賀・京都・大阪）
☆「精霊流し」（芝居の弁当箱公演）
★ラジオドラマ「秋日和」
★戯曲集『がんばろう―― 柏木家の人々』（而立書房）
★大島村歌「われは海の子」作詞（作曲：鳥羽一郎）

【2001（平成13）年】

78「がんばろう―― 柏木家の人々」
………………1月▽大牟田市文化会館
79「権兵衛―― 荒畑家の人々」…4月▽俳優座劇場
80「精霊流し」「秋日和」…7月▽新宿紀伊國屋ホール
（岡部企画プロデュース10周年記念公演）
81「天使が微笑んだ男―― 森永太一郎伝」
…11・12月▽長崎・佐賀・紀伊國屋サザンシアター
（岡部企画プロデュース10周年記念公演）
☆「真田風雲録」（劇団協議会主催、紀伊國屋サザンシアター）
☆「真田風雲録」（文化庁主宰、和歌山・奈良・滋賀・京都・大阪）

【2002（平成14）年】

82「アフリカ最後の伝説―― 白いライオン」
…………2月▽東京芸術劇場中
（東京芸術劇場ミュージカル月間参加）
83「女狐」…………4月▽新宿紀伊國屋ホール
84「南総里見八犬伝」演出のみ（総指揮・溝上教彦）
…………4月▽新宿紀伊國屋ホール
85「嗚呼　冒険王」…11月▽紀伊國屋サザンシアター
☆「精霊流し」（芝居の弁当箱公演）
☆「アフリカ最後の伝説―― 白いライオン」（文化庁ふれあい教室、東北・北海道）
★エッセイ集『われは海の子』（制作同人社）

【2003（平成15）年】

86「東京ナインガールズ」
…………5月▽新宿紀伊國屋ホール
87「精霊流し」
……8月▽銀座みゆき館劇場・関越演鑑連
88「風雲児マンショ―― 大海賊と天正遣欧少年使節」
……………10月▽新宿紀伊國屋ホール

☆「精霊流し」（芝居の弁当箱公演）
☆「アフリカ最後の伝説――白いライオン」（文化庁ふれあい教室、青森・函館・長崎）
☆「叱られ坊主――サトウハチロウ物語」（山彦の会公演）

【2004（平成16）年】

89「蜂の巣城――2002年中津江村より」……5月▽新宿紀伊國屋ホール
90「初代司法卿――江藤新平」……10月▽新宿紀伊國屋ホール
91「風雲児マンショ――大海賊と天正遣欧少年使節」……11月▽松浦・伊万里・平戸
☆「精霊流し」（岩内市民劇場稽古場）
★ラジオドラマ「花祭」

【2005（平成17）年】

92「花祭」……4月▽新宿紀伊國屋ホール
93「帰去来――赤トンボぶんと飛んだ」……10月▽紀伊國屋サザンシアター（戦後60年特別企画）
94「初代司法卿――江藤新平」……10月▽唐津・佐賀・伊万里

【2006（平成18）年】

95「花祭」……4月▽多摩区・福岡・江迎・松浦
96「戊辰戦争―2006上野不忍池ホテルにて」……11月▽紀伊國屋ホール
97「断崖絶壁」……11月▽銀座みゆき館劇場
☆「女狐」（兵庫県芸術文化協会公演）
★ラジオドラマ「断崖絶壁」
★講話「心に残る人生の達人セミナー」（文化庁、長崎県立長崎工業高等学校・長崎県立北松農業高等学校・長崎県立国見高等学校・長崎県立鹿町工業高等学校）

【2007（平成19）年】

98「さすらい――種田山頭火の生涯」……6月▽新宿紀伊國屋ホール
99「咲子の港」（演出のみ、杉本美鈴・作）……10月▽相鉄本多劇場
100「帰去来――赤トンボぶんと飛んだ」（第一回横浜フリンジフェスティバル）……10・11月▽神奈川、佐賀、長崎、鹿児島
★ラジオドラマ「家」

【2008（平成20）年】

101「長崎の鐘」
…6月▽紀伊國屋ホール・長崎・松浦・伊万里
（長崎県名誉市民永井隆生誕100年記念）

★松浦ミュージカル「長者と河太郎」（松浦市立青島小中学校、文化庁芸術家派遣事業）

【2009（平成21）年】

102「帰去来―― 赤トンボぶんと飛んだ」
……6月▽新宿紀伊國屋ホール
（牛島秀彦没後10年記念公演）

103「長崎の鐘」……7月▽神奈川・鹿児島・長崎

★松浦ミュージカル「今福物語　丹後の人柱」（松浦市立今福小学校、文化庁芸術家派遣事業）

★講話「心に残る人生の達人セミナー」（文化庁、長崎県立口加高等学校）

【2010（平成22）年】

104「長崎の鐘」……6月▽新宿紀伊國屋ホール

105「帰去来―― 赤トンボぶんと飛んだ」
……10月▽長崎・佐賀
（戦後65年特別企画）

☆「精霊流し」（演劇集団群生公演）

★松浦ミュージカル「福島みっつの物語」（松浦市立養源小学校、文化庁芸術家派遣事業）

★改訂版「肥前松浦高校剣道部物語　風の墓」（文化庁次世代を担う演劇人育成事業、テアトロドソーニョ）

★講話「心に残る人生の達人セミナー」（文化庁、長崎県立西陵高等学校・長崎県立大村高等学校）

【2011（平成23）年】

106「長崎の鐘」
……4月▽伊万里・伊佐（地震のため延期）

107「太陽の塔」
……6・7月▽新宿紀伊國屋ホール・松浦

108「長崎の鐘」……11月▽伊万里・伊佐

☆「精霊流し」（可児市文化芸術振興財団公演）

☆「精霊流し」（テアトロ海アクターズジム公演）

☆「精霊流し」（東京芸術座公演）

☆「断崖絶壁」（劇団せすん公演）

☆「嗚呼　冒険王」（文化庁演劇人新進育成事業、ワーサルシアター）

★松浦ミュージカル「元寇と対馬小太郎」（松浦市立鷹島小学校、文化庁芸術家派遣事業）
★講話「心に残る人生の達人セミナー」（文化庁、長崎県立松浦高等学校）

【2012（平成24）年】

109「玄界灘」………6・7月▽新宿紀伊國屋ホール
110「長崎の鐘」………………12・11月▽川辺
☆「女狐」（文化庁、ワーサルシアター）
★松浦ミュージカル「浮立の里」（松浦市調川小学校、文化庁芸術家派遣事業）

【2013（平成25）年】

111「隠岐騒動」
…6・7月▽新宿紀伊國屋ホール・松江・隠岐の島・松浦
☆「精霊流し」（劇団ラスベート公演）
★松浦ミュージカル「笛吹童子」（松浦市立上志佐小学校、文化庁芸術家派遣事業）

【2014（平成26）年】

112「知覧にて」
……… 7月▽新宿紀伊國屋ホール・伊万里、知覧
★松浦ミュージカル「徐福と不老山」松浦市立志佐小学校（文化庁芸術家派遣事業）

【2015（平成27）年】

113「修羅場にて候」（岡部大吾演出）
………………6月▽八幡山ワーサルシアター
114「精霊流し」……7月▽八幡山ワーサルシアター
115「姉しゃま―― 円谷幸吉とその時代」
…10月▽新宿紀伊國屋ホール・伊万里、長崎、松浦
☆「精霊流し」（シアターLABO公演）
★松浦ミュージカル「むらさき色の雨」（松浦市立御厨小学校、文化庁芸術家派遣事業）
★松浦ミュージカル「星城城山物語―石童丸」（松浦市立星鹿小学校、文化庁芸術家派遣事業）

【2016（平成28）年】

116「ラガー」（岡部大吾演出）
……………… 4月▽八幡山ワーサルシアター
117「晶子の乱―― 君死にたもうことなかれ」
…6月▽新宿紀伊國屋ホール・伊万里・松浦

【2017（平成29）年】

118「色悪」（岡部大吾演出）

……………2月▽八幡山ワーサルシアター

119「追憶―七人の女詐欺師」

…11月▽新宿紀伊國屋ホール・伊万里高校・松浦

【2018（平成30）年】

120「阿修羅――浮き草稼業の女」

…………6月▽新宿紀伊國屋ホール・松浦

【2019（平成31）年】

121「新宿ムーラン・ルージュ」

……………9・10月▽新宿紀伊國屋ホール

あとがき　――　昭和も遠くなりにけり

「韋駄天《いだてん》の記」は平成二十七（二〇一五）年から平成二十九年の二年半、西日本新聞に掲載されたものである。週に一回、一二〇回の掲載であった。原稿を送ると、来週はなにを書くかを考える。戯曲や映画のシナリオを書き、文化庁芸術家派遣事業で松浦市の各小学校に、その土地土地の民話ミュージカルを書いて演出し、その合間にエッセイ「韋駄天の記」を書くのである。今年のNHKの大河ドラマは「いだてん」である。それより四年も前にエッセイ「韋駄天の記」は書いたのである。書いていてよかった。いまならパクリといわれたかもしれない。

西日本新聞も好きに書かせてくれた。なんの注文もなかった。もっとも、注文があっても注文通りに書く作家などはいないのかもしれない。編集者が勝手に文章を直して大喧嘩《おおげんか》になった例はいくらでもある。プロのフォームを素人が無断で直す。愚行である。今年、「韋駄天の記」のエッセイ集を出版することになり、丹念に読み直した。「よくこれだけのことを書いたものだ」「もう書けないかもしれない」が率直な感想である。

ご存知、中村草田男に「降る雪や　明治は遠くなりにけり」の名句がある。そして、確かに昭和も遠くになってしまったのである。西の果ての松浦もすっかり時代が変わってしまった。知っている人がいなくなり、知らない人が誕生している。言葉も標準語を使う若い人で溢れている。松浦のスナックで「あたし、困っちゃう」などと女の人にいわれると、いわれたわたしが困っちゃう。テレビの影響である。

ただ、嬉しいのは星鹿《ほしか》半島城山のてっぺんから眺める風景だけは昔のままなのである。玄界灘、魏志倭人伝、元寇の役、戦争。海のはるか彼方を眺めると想像力が逞しくなる。祖母がやっていた旅籠《はたご》も、もうない。祖母もとっくにいない。ただ、八月十五日の志佐川の精霊流しだけはまだやっていて、年々歳々派手になっているらしい。若い担ぎ手がいるらしいのである。頼もしいことである。闇の海の遠くに流れて消えていく、手作りのちっちゃい精霊船の灯は「昭和」と読めるようで、切なくなる。八月十五日を境にテレビや新聞も特攻隊や戦争、原爆の特集をしなくなる。「喧嘩にもエレジィがあった昭和かな」。秋風が吹き彼岸花の季節となる。どこの墓地にも彼岸花が咲く。わたしは肥前花と戯曲の人物にはいわせた。

今年で、わたしも七十四歳になった。昭和二十年四月八日に松浦市の星鹿に生まれた。最後の戦中派である。つまり、戦後七十四年である。いつまで書けるかしらないが、書けるうちは戦後にこだわって書くつもりである。ずっと戦後であって欲しい。三十年四十年先に、このエッセイ集「韋駄天の記」を若い人が読んでくれて「こんな時代もあったのか」といってくれたら、どんなに嬉しいだろう。それでこそ出版をした値打ちもあるというものである。なかなか出版ができない時代に、出版に奔走してくれた林隆秀氏、青木久義氏、関係者や生まれ故郷松浦の人、家内の里である知覧の人には心からお礼を申し上げます。どうかいっぱいの人に読んで頂けますように。

令和元年、八月十七日昼。テレビでは平和の象徴のように高校野球をやっている。

岡部耕大

二〇一九年八月十七日

岡部劇場に生かされてきた自分

林建設株式会社代表取締役　林　隆秀

「韋駄天《いだてん》の記」は、二〇一五年四月から二〇一七年十二月まで、約三年かけて新聞掲載された劇作家岡部耕大氏の一二〇編に及ぶ壮大な自伝である。

岡部氏は近年稀にみる熱き情熱、深き人情を持った人柄であり、読んでみると、なるほど幼少年期を過ごした長崎松浦の原風景に随分影響を受けて育ったようである。私は海の無い山間部で育ったせいか、本土最西端の松浦に初めて訪れた時は美しい海を眺めながら空想に耽った。入江から船出する漁師、永遠の離別を連想し、寂しさと不安の中で愛しい人の帰りを海に問う港町特有の哀切を感じた。

岡部氏は劇作家として相応しい性格を備えている。自我が強く個性派が多い中にあって、かつ不器用である。器用な人間は、傲慢により根気を損耗し、逆に不器用な人間は何をしているのか誰にも解らない空白の中に、悩み、苦しみ、未来の成功を温存しているのかもしれない。

私は舞台芸術が大好きで、特に岡部劇場新作の初日は必ず観るようにしている。初日のゴリッとした刺激と緊張感がたまらない。劇場で観たシーンを後日思い出そうとする時の感覚は、過去に見た夢を思い出す感覚に似ている。何とも言えない懐かしさ、過去の時間の後悔を掻き立てられる。私のように価値観が硬直し、それすら気付いてない大人こそ舞台芸術に触れていかなければならないと思っている。

舞台は持続と変化の繰り返しである、いくら観ても尽きることがない。特に岡部劇場は疑念や嫉妬、愛情との葛藤など心理描写が巧みである。芝居という幻を追うことは果てしない自身の漂流である。自分を無にし、舞台の音を虚心に聴く。気が付くと自分も舞台の一部になっている。劇場に響く妙なる台詞、長く美しい余韻を感じる。

「人間には幸福の中に、それと全く同じだけの不幸が常に必要である」と好きなロシアの作家は言った。希望と絶望では足どりが違う。しかし如何なる時も散乱する言葉の中に美学が宿っている。舞台芸術とは本人が体験した感情の伝達であり、人の営みが他人を感動させるものである。

私は岡部耕大氏との出会いにより、経営者としての人生が豊かなものとなった。欧米的合理主義に慣らされ、踠《もが》き苦しんでいた自分が、それらの呪縛から解放され、人生を楽しむことを自覚したのである。世界人口の大半は都市に暮らし、そこでは人間中心に無用なものは排除される。元来意味のないものを含んだ世界が虚しく変わっていく。本来人間は自然の中で、多様に生きてきた。私は岡部作品を通し、五感をより磨いていきたいと思っている。人生一〇〇年時代、可能な限り岡部劇場を楽しんでいきたいと願っている。

岡部氏が蒔いた文化の種の芽吹きを期待して

長崎県松浦市市長　友田吉泰

私と岡部耕大氏との出会いは、二〇〇一年の秋に遡る。まだ駆け出しの市議会議員だった私に、本作でも度々登場する吉本務氏から「同級生の出版記念パーティがあるから顔を出さないか」とのお誘いがあった。松浦市出身の劇作家である岡部氏の名前は知っていたが、私には面識もなく、正直どうしようかと迷った。しかし、当時市役所の課長だった吉本氏からのお誘いであり、きっと私以外の議員にも声がかかっているのだろうと思って参加した。

ところが、当日会場には他の議員の姿は無く、議員は私一人だけ。今思い返しても、なぜあの時吉本氏が私に声を掛けてくれたのか、その理由が分からない。岡部氏曰く「きっと吉本さんが何かを感じたのだろう」とのことだが、それから始まった私と岡部氏とのお付き合いを考えれば、本当に吉本氏には何かが見えていたのかもしれない。

それから数年が経った或る日、岡部氏が吉本氏を伴って私の職場を訪ねてこられた。何事かと話しを伺うと「松浦市の後援会長を引き受けてくれないか」という相談だった。まだ四十そこそこの若輩にそんな大役は務まらないと丁重にお断りしたが、「これから松浦の文化を育てていくためにも、若い人に務めて欲しい」とお願いされ、その熱意に押されてお引き受けすることにした。

しかし、その後もこれといった成果をお返しすることができず、少々心苦しく思っていた頃、岡部氏から「今度地元の民話を基に、青島小中学校の生徒たちが演じるミュージカルを作ることになった」と連絡があり、その台本が送られて来た。さっそく読んでみると、とても面白く公演当日が待ち遠しくなった。この時のことは本作で詳しく述べられているので重複を避けるが、この民話ミュージカルが無ければ、私と岡部氏との関係がこれほど深まることはなかったのではないかと思っている。

青島小中学校でのミュージカルを終えて、岡部氏と私、当時の松尾《まつお》紘《ひろし》教育長の三人で打ち上げをしていた時のこと、「民話ミュージカルを青島だけで終わるのはもったいない。市内の各小学校でやったらどうだろう」と盛り上がった。後援会長である私としても、民話ミュージカルを通して子ども達が岡部文学に触れ、岡部作品のファンになってくれればそのすそ野が広がり、岡部氏が私に求めた「松浦の文化を育てる」という目的も達成できるのではないかと考えていた。

その後、民話ミュージカルは松尾教育長をはじめ関係者の尽力により、翌年度から市内の八つの小学校で毎年一校ずつ上演されることになった。この取り組みは市内を一巡し、最後は岡部氏の母校である松浦市立星鹿小学校で幕を閉じた。あれから数年が経った今、岡部作品のファンを増やすという私の思惑が達成されたかどうかは判らない。しかし、多くの子ども達が、岡部氏の作演出による作品を通じて地元の民話を知り、プロの役者さんから直接指導を受けて、照明に照らされた舞台に立ち、自らに与えられた役を堂々と演じたことは、きっと彼らにとって貴重な経験になったことだろう。

「松浦の文化を育てる」という目的の、その成果が表れるにはもうしばらく時間が必要かもしれないが、民話ミュージカルが松浦の文化にしっかりと種を蒔いたことは間違いないと思っている。本作でも紹介されているとおり、青島小学校で民話ミュージカルを演じた谷川千広君は、それをきっかけに役者を志し、大学在学中に岡部氏のチームに加わって「晶子の乱」で松浦凱旋公演を果たした。このことは岡部耕大氏が故郷で蒔いた種が芽吹き、次世代に繋がった証拠といっても過言ではないだろう。

韋駄天《いだてん》・岡部耕大氏を生んだ「西の端」の故郷で、今後も次々と文化の新たな芽生えが起こることを期待している。

岡部耕大
（おかべ・こうだい）
劇作家・演出家。1945年，長崎県松浦市生まれ。1979年に「肥前松浦兄妹心中」で岸田國士戯曲賞を，88年に「亜也子」で紀伊國屋演劇賞個人賞を受賞。1970年より劇団「空間演劇」を主宰するほか，今村昌平監督「女衒」など，映画・テレビドラマの脚本家としても活躍。日本劇作家協会元理事。神奈川県川崎市在住。（撮影：青木久義）

韋駄天《いだてん》の記《き》

■

2019年11月1日　第1刷発行

■

著者　岡部　耕大

発行者　杉本　雅子

発行所　有限会社海鳥社

〒812-0023 福岡市博多区奈良屋町13番4号

電話092(272)0120　FAX092(272)0121

http://www.kaichosha-f.co.jp

印刷・製本　モリモト印刷株式会社

ISBN978-4-86656-060-1

［定価は表紙カバーに表示］